S

D1497422

ISBN: 978-1494845575

Esta novela se puede adquirir en Amazon.com

"El amor es la poesía de los sentidos."

Honoré de Balzac

Palpar

Mis manos
abren las cortinas de tu ser
te visten con otra desnudez
descubren los cuerpos de tu cuerpo
Mis manos
inventan otro cuerpo a tu cuerpo

Octavio Paz, poeta y escritor mexicano
Premio Nobel de Literatura, 1990

Puedo escribir los versos más tristes esta noche.
Yo la quise, y a veces, ella también me quiso.

En las noches como ésta la tuve entre mis brazos.
La besé tantas veces bajo el cielo infinito.

Pablo Neruda, poeta chileno
Premio Nobel de Literatura, 1971
Fragmento de uno de sus *Veinte poemas de amor*.

Quand il me prend dans les bras...,
Il me, parle tout bas,
je vois la vie en rose...

Edith Piaf

Yolanda Ortal-Miranda

Siluetas en Piedra Azul

novela

Alexandria Library
MIAMI

ISBN: 978-1494845575

Library of Congress Control Number: 2013958428

3 1969 02250 3162

www.alexlib.com

Historias tejidas con ingenio y humor, repletas de personajes fascinantes, pasiones intensas, ambición, intrigas, aventuras fugaces y tiernos, exquisitos amores inesperados, que trascienden tiempo y espacio.

Prólogo

*B*luestone es una encantadora villa, arrebujada entre las montañas de Vermont, en el hermoso Noreste de los Estados Unidos. Tiene varios teatros que presentan buenas obras, una vibrante compañía de ballet en residencia, una orquesta sinfónica respetable, un encantador distrito artístico con galerías y múltiples cafés al aire libre en los cuales en el verano se dan cita enamorados, artistas y gente interesante.

En el otoño, la atracción es la Feria Medieval, que dura una semana durante la cual se celebran espectáculos culturales con énfasis en objetos y arte medieval, competencias de juglares y una fabulosa tarde en que actores profesionales, personifican a antiguos nobles, compitiendo y exponiendo sus vidas por los favores y el amor de sus damas.

En el invierno, atrae el interés de esquiadores internacionales, atraídos por las extraordinarias condiciones para ese deporte y la belleza de la cordillera, que sirve de fondo a la villa.

La villa, fue nombrada en honor de la magnífica cordillera que la rodea y del *Indio Blue Stone*, que dominaba ese territorio y la protege de avalanchas devastadoras.

La montaña más alta, a ciertas horas muestra una increíble gama de azules, diluidos en lilas, orquídea y ónix, y semeja el majestuoso cuerpo yacente del famoso y desafiante *Guerrero y Gran Jefe Indio, Piedra Azul*. El viento barre la nieve fina como polvo que se le asienta en los cañones y cortes de la piedra dejándole aparecer, en toda su belleza.

En este lugar idílico, hay un College que es orgullo de la ciudad, llamado Bluestone College, en honor de la ciudad y de la montaña usando como emblema y símbolo distintivo del mismo, la hermosa cabeza y orgulloso perfil de *Piedra Azul*, quien según la leyenda, era el dueño absoluto de la iridiscente montaña que le servía de regio trono y pedestal, y de una cuantiosa parte del territorio de la soberbia cordillera. Desde su fundación, el hermoso perfil del *Indio Piedra Azul*, invencible y altivo, ha sido la imagen del sello del plantel, y su figura erguida, reproducida en bronce, se levanta en el centro del hermoso parque interior del College.

Bluestone College tiene un campus muy atractivo y una larga y hermosa tradición de inmenso respeto por la tribu del *Gran Jefe Piedra Azul*. El College auspicia cada año la celebración de sus tradiciones, una de las cuales es su respeto y devoción a la conservación de los bosques que un día fueron su territorio y en el que aún hoy hay una pequeña reservación, en la cual se preservan las costumbres de la tribu.

Esta versión final de la novela original en español (que fue más tarde traducida al inglés) ha continuado evolucionando y añadiendo nuevas descripciones y tono. Evade los temas anteriores y se sumerge totalmente en el mundo y atmósfera del amor —tema universal y eterno— sin dejarse influenciar por la corriente de las que actualmente aparecen catalogadas como "Romance Novels."

Siluetas en Piedra Azul

$\mathcal{E}$n Septiembre, al comenzar el año académico llegó a Bluestone College, Andrés Andrade-Rioseco. Entraba por la puerta grande y con el rango de Profesor. Las solteras de la Facultad, naturalmente se relamieron de gusto. Durante la primera reunión de la Facultad y miembros de la Administración, la Jefa del Departamento de Lenguas, durante un receso, lo presentó a sus colegas en una conversación totalmente informal y alguien le oyó decir que su padre era un diplomático peruano y su señora madre era una renombrada pianista cubana y que la carrera de ellos les había proporcionado la oportunidad de vivir en numerosos países y viajar a fantásticos lugares remotos.

El Profesor Andrade-Rioseco se limitó modestamente a decir, que a él ello le había beneficiado inmensamente pues se sentía un ciudadano del mundo con verdadero amor por la cultura y la lengua de otros países.

Las solteras cazadoras de marido de la Facultad absorbieron todo aquello con deleite y se relamieron de gusto. A Isabella Cardinalli, que esperaba ingenua y pacientemente la llegada del hombre perfecto—y que no creyó que nunca un hombre así pondría su codiciada planta en aquel lugar al que todos llegaban con esposa, un perro, dos gatos y al menos dos hijos—también se le estremeció, como una mariposilla inquieta, algo en el pecho. En otras palabras, se le hizo la boca agua, como al resto.

Andrés Andrade-Rioseco era un verdadero monumento. Usaba un doble apellido que le sentaba muy bien, siguiendo la costumbre hispana de mantener como segundo el de su madre. Tenía el pelo negrísimo, los ojos de un azul intenso, un perfil de gitano lorquiano o de medalla romana, dientes blancos y perfectos y medía seis pies y dos pulgadas de alto.

Hablaba un inglés perfecto además de español, francés e italiano. Para hacer de Andrés el hombre ideal y lo que se llama un buen partido, tenía un doctorado en Lenguas y Literatura Española, Italiana y Francesa, y un doble doctorado en Literatura Comparada. Además había acabado de publicar, en inglés, una novela que la crítica había recibido con grandes elogios, y que ya tenían en la librería del College a la venta. Isabella decidió comprarla.

Todo el mundo se preguntaba qué hacía aquel hombre en Bluestone, un college de apenas veinte años de existencia, de salarios y prestigio modestos, teniendo como tenía en su haber créditos impresionantes, entre ellos, dos becas, una Fulbright y más tarde la prestigiosa Rhodes, las cuales le permitieron estudiar en las universidades de Harvard, Oxford, y La Sorbonne de Paris, después de haber completado sus estudios de Literatura Española e Hispano-Americana en la Universidad de San Marcos, en Lima, y en la Universidad de Madrid.

La respuesta a aquella pregunta esencialmente era que Andrés tenía que comer, y se había pasado los últimos dos años escribiendo y revisando su novela. Además, no siendo muy dado a pensar en cosas prácticas, como el mandar su curriculum vitae y solicitar a tiempo trabajo, había esperado mucho para hacerlo y cuando finalmente lo hizo, ya todas las cátedras en las universidades de nombre habían sido ocupadas.

La voluminosa Emma Braun, que era Jefa del Departamento de Lenguas Extranjeras y que tenía vara alta con el Decano porque éste le tenía terror, había conseguido, tras una larga batalla, que le ofrecieran un salario por encima de lo que normalmente le pagaban de entrada a otros profesores en atención a sus méritos indiscutibles, su publicación reciente, el hecho de que estuviera dispuesto a enseñar cursos avanzados en la literatura de las tres lenguas que dominaba, y el hecho de que necesitaban a alguien con credenciales y con cierto prestigio que renovara el programa de estudios existente, al haberse retirado el dinosaurio francés—pariente del presidente—que ocupara la cátedra hasta el año anterior y que chapurreaba la lengua española que también enseñaba destrozándola, orondo como un pavo.

Emma lo llevaba de grupo en grupo presentándolo a los otros profesores. Se sentía como una oronda gallina clueca, y se espumaba sabiendo que había puesto una pica en Flandes. Se pavoneaba bajo el copioso cabello rojizo flameante, peinado a lo diva Wagneriana. Consideraba a Andrés una adquisición personal. Los otros profesores de Español, Francés e Italiano se encogieron con un poquitín de recelo. Aquel hombre, era ambicioso, se le notaba; era también muy atractivo física e intelectualmente e iba a desplazarlos.

Isabella, por su parte, siempre tan razonable y práctica, olió sangre en el ambiente y supo que las otras leonas de la jauría facultativa se lanzarían de inmediato a reclamar aquella fantástica presa, o lo que es lo mismo, a seducirlo.

Por primera vez se dijo que tenía que tomarles la delantera. ¿Pero cómo? Ella era tímida, no tenía experiencia en estas cosas y la competencia era respetable. Aquellas mujeres eran capaces de matar por una buena presa. Entonces le rozó las sienes algo. Recordó que su madre siempre decía que debía de aprender a cocinar y que nunca pescaría a ningún hombre digno de ser su marido con comidas pre-cocinadas y congeladas por Stouffers, y Weight Watchers, que era lo que ella mayormente compraba en el supermercado, ponía en el micro onda y consumía.

Le pediría a su madre que le preparara una cena íntima para seis, algo que pudiera ser preparado en la mañana y ella tuviera solamente que recalentar antes de la cena y lo invitaría a él en un gesto de bienvenida.

Mientras se movía de grupo en grupo Isabella se puso a planear la comida. Su madre era una cocinera fantástica. Invitaría además a Emma y su marido y al otro profesor de español, Carlos Santurce, y su esposa. El menú lo dejaría en manos de su madre, que era además de buena cocinera una santa y estaba loca porque su hija se casara aunque trataba de disimularlo. La cena, indudablemente debía incluir platos de la cocina española, francesa, e italiana. Quizás una deliciosa paella de mariscos como plato principal, medallones de ternera en una salsa de setas en vino blanco, espárragos asados ligeramente y una ensalada. Los postres de su madre eran famosos y exquisitos. El vino, desde luego, francés.

Sabiendo que sus rivales no perderían tiempo, Isabella se dijo que tenía que tratar de conocerlo en este receso que era el único descanso de la sesión de la mañana. Haciendo acopio de todo su valor se decidió a acercarse como al descuido al grupo de Emma, que estaba presentándoselo a otros miembros de la facultad, para que la viera y se lo presentara a ella también. Así ocurrió.

Cuando aquel hombre la miró a los ojos, sonriente y correcto, Isabella se pasmó como si tuviera quince años y no veintiocho. Aunque hurgaba en su cerebro por alguna frase genial que la definiera como lo que era, una mujer inteligente, no logró decir nada.

Veronique, del Departamento de Música, que era francesa y una verdadera vampiresa con enormes escotes que revelaban un mundo, se acercó a Andrés lentamente, y en un francés perfecto, le clavó sus ojos verdes de pantera en celo a los de él y comenzó a hablarle con una voz aterciopelada y sensual que sugería un mundo de promesas excitantes. Le hablaba, como si el resto del grupo entendiera lo que estaba diciéndole, o no le importara un comino dejarlos fuera de la conversación.

Isabella se sintió perdida y se preguntó qué hacer en un momento así. Veronique le estaba ganando terreno y ella, no pudiendo competir, optó por seguir callada. Veronique, sintiendo su ventaja, continuó hablándole en francés a Andrés, borrando del mapa la presencia de la tímida e inexperta Isabella, mientras tomaba de la mesa del buffet una uva que se llevó a los labios en un gesto provocativo de deidad griega. Él amablemente le contestaba sus preguntas en inglés para incluir en la conversación a los otros profesores, tan rudamente desplazados.

En una breve pausa en el torrente de la conversación de Veronique, él le preguntó a la enmudecida Isabella cuál era su campo de especialización. Aterrada, le dijo que matemáticas, como si ello fuera un crimen irreparable, y como disculpándose por su osadía de haber escogido un campo de especialización, dominado frecuentemente por el sexo opuesto. No le dijo que ese semestre ella estaba enseñando un curso en cálculo y otros dos en geometría y trigonometría, porque a lo mejor Andrés se asustaba. Es el caso, que en realidad no sabía de qué hablarle o qué decir. Se disculpó, y salió del salón donde estaba servido el buffet.

Veronique, encantada, lo acaparó por el resto del receso entre las dos sesiones, colgándosele del brazo y caminándolo como un trofeo ya capturado, ante la mirada envidiosa de las otras contrincantes que fueron replegándose una a una, conformándose con engullir lascas de jamón y queso y alguna que otra aceituna de la mesa del buffet, dándolo por perdido, pues conocían bien las artes de seducción de Veronique.

Isabella se fue a la librería a hacer tiempo y se compró la novela de Andrés que le costó $29.99 y en un arranque intuitivo, compró también un ejemplar rebajado de *The Second Sex*, de Simone de Beauvoir, que sólo le costó $10.29.

Cuando Veronique, entre tanto, le sugirió a Andrés casualmente que esa noche había un concierto de jazz para el que tenía dos entradas, que la estrella era nada menos que el saxofonista Wynton Marsalis, y que le encantaría invitarlo, éste se dijo que aquella mujer no le convenía a pesar de los ojos verdes y el escote revelador. Se dijo también que posiblemente no tenía todavía las entradas, pero que de seguro las conseguiría a cualquier precio, y que a él le encantaban el jazz y el estilo de Marsalis, y finalmente se convenció de que aunque sabía que el buen juicio dictaba no envolverse con colegas, Veronique no estaba nada mal, realmente era muy hermosa, y tendría un apartamentito tibio y grato. Aceptó la invitación, pero al reiniciarse la sesión de la tarde se disculpó con Veronique y volvió a sentarse junto a Emma Braun.

Veronique, muy satisfecha, se deslizó hacia su oficina, que estaba en el edificio contiguo, y llamó a uno de sus amigos que tenía conexiones con el teatro y las artes y le conseguiría las dos entradas para esa noche.

Después del concierto, que fue fantástico, Andrés acompañó a Veronique hasta la puerta de su apartamento y le dio las gracias, un inocente beso muy a la europea en ambas mejillas, y se volvió hacia el elevador para marcharse. Veronique le llamó con su irresistible voz que a él le sonó como el ronroneo de una gata mimosa y en celo, y le invitó a pasar a su apartamento a tomar algo y conversar.

Como si estuviera tomando una trascendental decisión de consecuencias irreparables que ya no podía aplazar, Andrés le dijo que con mucho gusto, que le encantaría tomar una copa con ella y que tenía que confesarle algo que creía que ella debía de saber.

Veronique, un poquito alarmada, le dejó pasar. ¿Tendría SIDA aquel monumento al músculo, o sería homosexual y por lo tanto no tendría ningún interés en ella?

El apartamento estaba decorado con exquisito gusto. Había flores frescas en todos los búcaros de cristal. Veronique fue hacia el estéreo y una música suave, perfectamente escogida de antemano invadió la estancia. Los leños aguardaban en la chimenea a ser prendidos. Andrés se ofreció a hacerlo. Aquella mujer era bellísima y estaba intensamente determinada a seducirlo. Los ojos verdes de Veronique brillaron reflejando las llamas que le lamieron la esbelta figura de pantera sana.

Con el caminar lento que reservaba para las mejores ocasiones, Veronique fue hacia el bar y sirvió dos copas de coñac mientras Andrés la contemplaba anticipando el festín que se le estaba ofreciendo en bandeja de plata y sin esfuerzo por su parte.

Veronique—enfundada en el soberbio vestido negro que se le ajustaba al cuerpo como un guante— se sentó en el enorme sofá de piel, color crema, casi blanco, de un decorador italiano de moda. Cruzó la larga e increíble pierna que se asomó insinuante por la abertura de la falda dejándosela descubierta, y le invitó a que se sentara junto a ella.

Aquella mujer era fabulosamente hermosa, el sueño de una noche de invierno; la síntesis de la Eva paradisíaca y de Afrodita, pagana, voluptuosa y sensual, se dijo Andrés, que se había dicho tantas cosas esa tarde, sentándose a su vez en el sofá, ni muy cerca ni muy lejos de ella. Tenía un sexto sentido que le dictaba siempre, qué hacer, cuándo y dónde. Era un verdadero estratega en el arte de cuestiones de amor siguiendo la tradición latina de sus antepasados.

El gran piano de cola, reluciente, abierto y con la tapa como una inmensa aleta negra levantada hacia el cielo raso, testigo de tantas noches de nieve, leños encendidos y copas de coñac, mostraba su teclado blanco en una sonrisa cómplice de hombre de mundo, socarrón y conocedor de la vida. Fue entonces que Veronique le miró de frente con una pregunta en sus enormes ojos acariciadores. Andrés, encantado con aquel juego en que no se sabía quién era el canario y quién el gato, manteniendo aquella expresión seria, un poco distante, de *Discóbolo* concentrado en el disco, que volvía locas a las mujeres, le tomó, por primera vez en la noche, la mano de uñas perfectamente esmaltadas en un rojo apasionado y le dijo mirándola a los ojos, que la encontraba fascinantemente atractiva.

Veronique se estremeció y entreabrió los labios sedientos y jugosos, como lo hiciera Ingrid Bergman en *Casablanca*, y casi podría jurarse que se oía de fondo a Sam cantando con su voz saturada de *whiskey* "...*a kiss is just a kiss*" / "un beso es sólo un beso."

Las aletas de las dos narices perfectas de Andrés y Veronique temblaron de deseo reprimido, como las de todos los amantes apasionados en los novelones de a $12.99 que el público adora... y la sonrisa del piano, lamido por las llamas, pareció acentuarse. La voz intensa de Andrés sonó con las profundidades de un violoncelo, magistralmente acariciante. Eran dos consumados contendientes. Dos seres voluptuosos y experimentados. Dos sibaritas. Dos artistas del arte de la seducción. Eran dos buscadores de placer en un lugar remoto, perdido en el tiempo, la nieve, y una pequeña pero encantadora y pintoresca pequeña ciudad de Vermont, rodeada de montañas, verdes en el verano y cubiertas de espesas nevadas en el invierno.

Andrés le dijo, con una expresión concentrada en que se adivinaba un tinte de tristeza suave, que él no podía volverla a ver. Que si lo hacía sabía que se enamoraría de ella irremisiblemente y para toda la vida. Añadió, después de una pausa cargada de premeditada intensidad, que sabía, estaba seguro de ello, que si le daba rienda suelta a sus sentimientos llegaría a adorarla, a necesitarla como se necesita el aire para vivir. Le dijo una serie de tonterías por el estilo, ridiculeces gratas, y mentiras sublimes, que le sonaban fantásticamente a la trémula Veronique, que no quería que aquel hombre guapísimo en extremo se le escapara de entre las manos cuando estaba lista para entregársele febrilmente.

Entonces él se levantó, dejándola contemplar sus formidables seis pies y dos pulgadas contra el resplandor de las llamas de la chimenea, y le dijo que tenía que irse.

Veronique—aquella pantera soberbia, de cabellera negra y lacia como una larga noche; de senos, caderas y cintura perfectos, que su buena suerte le había puesto en el camino mientras que él mataba un año en el pueblito de Vermont, escribía algo de calidad y conseguía un trabajo mejor, se levantó también— y le dijo que ella no le pedía nada ni le preguntaba nada. Que no le preocupaban ni su pasado ni su futuro, sino aquel momento divino que estaban viviendo y que ella anticipaba único e inevitable. Que no podía dejarle marchar sabiendo que ambos se sentían inmensamente atraídos el uno hacia el otro.

Veronique, lúbrica y sensual como una cortesana romana, le echó los largos brazos al cuello y comenzó a besarlo como ninguna mujer lo hubiera hecho antes, dejándolo sin aliento con cada beso prolongado y apasionado. Él, encantado, se dejaba seducir cada vez oponiéndole menos resistencia y respondiéndole lentamente, incitándola a que lo venciera en su fingido estado de dudas y temor a enamorarse, provocándola a que lo consumiera, como a uno de sus leños, en el fuego de aquella hoguera hambrienta que era, la voluptuosa Veronique.

Cuando ya de madrugada, y después de haberse entregado uno al otro repetida y frenéticamente, Andrés, sabiendo que aquella noche tenía que establecer sus condiciones para que aquel encuentro pudiera repetirse, pero salvaguardando su atesorada independencia frente a la posesiva y manipuladora Veronique, le confesó que él no era libre. Estaba casado, le dijo mintiendo, con una mujer cuya inestabilidad mental era tan frágil, ¡que cualquier crisis podía arrojarla a ese abismo terrible que es la locura! Sí. Andrés tuvo el coraje de hablar así, como en los novelones de mediodía, de *abismos terribles* y otras sandeces por el estilo. Usó, sin abochornarse, uno de los ardides más viejos, el del amor imposible, como había hecho en otro sin fin de ocasiones para tener la salida libre cuando quisiera .

Veronique, que sabía mucho de música pero nada de literatura barata o buena, se dijo, sin embargo, que aquello era de una ridiculez inaudita, pero decidió por el momento seguirle la corriente hasta que su flamante amante se enamorara de verdad de ella como ocurriría. Se juró que ¡él no se le escaparía, aunque su mujercita tuviera que suicidarse! Pretendió sentir compasión por la esposa ausente y como si le importara un rábano le preguntó que si tenía hijos. Él sonrió beatíficamente, y con un gesto de padre orgulloso y tierno, se levantó de la cama, fue hasta la sala desnudo como un hermoso Apolo, y trajo consigo como en un ritual sagrado su billetera, sentándose en la cama y abriéndola para mostrarle el retrato de sus sobrinos, un niño y una niña preciosos. Veronique los contempló y se dijo que eran muy monos, pero un obstáculo innecesario en su nuevo romance. Andrés estaba muy bien, pero eso de convertirse aunque fuera remotamente en la mami de sus críos, no entraba en sus planes.

Veronique carecía en absoluto del más mínimo vestigio de instinto maternal. Era una diosa pagana, una Eva paradisíaca, sin preocupaciones bíblicas y sin Abeles ni Caínes en sus sueños, y así sería hasta el final de sus días.

Para completar su trágica confesión, Andrés le dijo a la extenuada y soñolienta Veronique, que su esposa estaba en un sanatorio en Suiza y los niños vivían con los abuelos en Francia. Ella se alegró de que los separara el Atlántico. Él había confiado en ella, añadió, pero le rogaba que mantuviera su confesión entre los dos. Era un hombre que atesoraba su privacidad y no le gustaba publicar su tragedia—tuvo el cinismo de usar la palabra tragedia— entre sus colegas. Ella, desde luego, estuvo de acuerdo. *¡Sería una tumba!* le prometió. Veronique le tomó la mano, se la oprimió dándole ánimos y gentilmente lo hizo que se tendiera de nuevo junto a ella.

Ya todo estaba dicho, se dijo Andrés, mientras la rodeaba con sus brazos. Y así se quedaron dormidos, saciados sus instintos y confiando en su propio talento de amantes, duchos en el arte de la seducción.

$\mathcal{B}$randon Van Der Weyden, III, es, un canallita sin duda alguna, culto, brillante, refinado y exquisito. Nació en un tiempo al que no pertenece del todo, en Boston. Habla como los Kennedy y ahora es miembro de la Facultad de Bluestone College.

Vive aquí porque fue donde consiguió trabajo hace cuatro años, después de que por razones que no vienen al caso ahora, tuvo que renunciar al que tenía y sus superiores lo trasladaron a la diócesis de Bluestone, para evitarle las tentaciones que abundan en las grandes ciudades. El Señor Obispo de la diócesis, impresionado por la innegable y extensa cultura de este sacerdote rebelde, usó de su influencia con el Presidente del Bluestone College, y Brandon entró en el Departamento de Música, pues él había estudiado en las acreditadas *"Accademia Nazionale di Santa Cecilia"* y continuó extensos estudios que le otorgaron un diploma del Doctorado de la excelente y famosa *Accademia Filarmónica de Bologna*.

Los cínicos interpretaron su "destierro" a Bluestone como castigo, merecido o no.

Él se hubiera sentido como el pez en el agua en ciudades como New York, Chicago o San Francisco, no en una villa pequeña, donde *Las Hijas de la Revolución Americana*, se reúnen una vez al mes, a hablar de sus inigualables raíces y de ¡quién vino en el Mayflower y quién, no!

Brandy, como le llaman todos allí ahora, con una cierta adoración ingenua—y sin permiso suyo—pues detesta los diminutivos, y le encanta la resonancia de su nombre, es ahora Jefe de Cátedra y Profesor en el Departamento de Música. Él siente un legítimo amor por la ópera y la música clásica.

Pero el conocimiento profundo de Brandon no se limita al campo de su especialización en la música de los grandes genios. Su innata atracción, fue poseer un sólido conocimiento de las Bellas Artes y de todo lo que estudia, incluyendo las diferentes religiones del Medio y Lejano Oriente.

Siendo como es un lector ávido y poseyendo una mente y un gusto refinados, asimila, valora y conoce como pocos una variedad extraordinaria de asuntos, culturas y tendencias filosóficas por las que se siente fascinado. En pintura admira la de los Impresionistas Franceses y a pintores posteriores, como Modigliani, Chagall, Dalí y Picasso.

El caudal y la profundidad, la variedad y la extensión de la cultura de Brandon Van Der Weyden, III, hijo de un prestigioso jurista de una familia distinguidísima de Massachusetts, cuyo padre llegó a ser Magistrado del Tribunal Supremo, no es nada común. Del Magistrado, dicen que aunque era inflexible, permitió que su hijo Brandon usara su biblioteca privada, lo cual fue un valioso privilegio según su padre. El Magistrado murió hace unos años para alivio de Brandon que le temía como al mismísimo diablo.

Charlotte Russell de Van Der Weyden, II, la madre de Brandon, rostro de camafeo, perfume de agua de colonia y pañuelos de encaje es una exquisita anciana, que conserva aún con distinción los rasgos de una belleza que un día fue extraordinaria. Tiene ahora 80 y tantos años, la columna vertebral recta, el cerebro claro y agudo, y el corazón lleno de virtudes infinitas.

Brandon lleva con igual elegancia el ropaje albo de sacerdote oficiante cuando da Misa, o cuando fuera de esa ocasión, se viste impecablemente, para dar clases a diario o en sus infinitos compromisos sociales. Asombra a todos con su exquisito gusto, pues además del ropero que le da un aire de europeo adinerado, su apartamento, en el que de vez en cuando recibe como un marqués de novela francesa a sus favoritos, está amueblado con exquisito gusto.

Las malas lenguas—siempre las hay—murmuran acerca de sus extravagantes gustos, sus viajes, su apartamento en un condominio carísimo y se preguntan de dónde obtiene dinero para llevar la vida que lleva. Pero nadie logra saber quién es el Mecenas afortunado y generoso que le consiente y le facilita los medios económicos a que parece estar acostumbrado.

Brandon, transformó la cocina de su piso abriéndola a una terracita coquetona y salerosa en la cual en el verano crecen los geranios y gardenias y en el invierno la nieve juguetea con el sol, y es el centro de reunión de los cardenales, azulejos y sinsontes, que la llenan de color los unos y de su hermoso canto los otros.

Cocina, mientras escucha ópera, en su fabuloso sistema estereofónico, invadiendo el apartamento con la música y el aroma indefinible de sus mágicas recetas que no comparte con nadie, y que son en gran parte el producto de su propio talento creativo.

Brandon es un anfitrión extraordinario. Si la invitación se limita a *cocktails*, sirve con éstos deliciosas *ensaladillas de langosta* y exquisitos *bocadillos de caviar*, o sus *hors d'oeuvres de cangrejo*, *aliñado,* en una receta secreta a base de vino, mostaza y otros ingredientes que nadie ha logrado identificar y son fabulosos e inigualables.

En comidas formales, su delicado *Faisán al Jerez*, aderezado con su propia receta y relleno con frutas, su *Pato Brandoniano*, sus *Bifsteaks de Tortuga en Salsa Verde*, *Ancas de Rana Supremas*, preparadas en una salsa deliciosa, y secreta, y el *Venado Estofado* o *a la Parrilla*, todos ellos presentados exquisitamente, son algo único, una experiencia inigualable.

Brandon facilita tertulias literarias dos veces al año a las que invita a los escritores del área a su piso. Ser invitado por él a una de esas tertulias es una distinción inigualable, reservada para una élite intelectual privilegiada. Y así pasa horas gratas, presidiendo entretenido estos acontecimientos que alimentan su ego, estimulan su intelecto y le dan la oportunidad de codearse y de enriquecerse intelectualmente, con la flor y nata de los escritores establecidos del mundo complejo y fascinante del Noreste: Vermont, New York, Connecticut, Massachusetts and

New Hampshire y de asombrarlos—o divertirlos—con el increíble hallazgo suyo. Lo encontró, acurrucado en un banco de Central Park: un hambriento, heroico y harapiento pero sobrio poeta de New York, desconocido, malentendido, pero con ínfulas de genio—merecido o no— que fascinó a Brandon, quien lo adoptó, según él, y confirió el título de Juglar Medieval. Nadie entendía, el sentido o las imágenes herméticas de su poesía. Eran un lío indescifrable, un verdadero enredo caótico y símbolos obscuros como un apagón del *"subway."* El juglar comía como un lobo hambriento, de las exquisiteces del buffet, y entre bocado y bocado, se preguntaba,¡ por qué demonios estaba allí!

Brandon, sentado como un marqués en una silla antiquísima y hermosa que era de su bisabuelo, hacía los honores a sus invitados. Tarde en la noche, la música a veces etérea, nebulosa, y a veces clásica, siguió envolviéndolos, mezclándose en la *coctelera* cristalina del amanecer, para satisfacer el gusto de todos, hasta quedarse dormidos, ahítos de vino, coñac o lo que fuera, y de frases tan brillantes y conceptos tan, tan, tan... que un día les harían inmortales—a lo mejor—si alguien famoso y renombrado, o si un perturbado crítico, les citaba y los entrevistaban en *Public TV, CNN* o *¡Buenos Días América!*

$\mathscr{D}$eborah Thurman estaba en su oficina ensimismada en su trabajo ante su computadora, escribiendo, cuando sintió que alguien llamaba con los nudillos a su puerta. Seguramente sería una de sus alumnas, una de aquellas criaturas, perdidas y siempre en busca de aclaraciones que tenía en la clase de Historia Latinoamericana.

Deborah trató de terminar el párrafo antes de decirle que entrara, pero al sentir en los hombros las manos de Alfred Shepard, su adorado Freddy, se deshizo al instante su gesto de disgusto y se le despejó el ceño fruncido. Sonrió como una colegiala enamorada, como si una ola de candente deleite le fuera inundando, en medio de la tarde, fría y gris. La nieve caía fuera y de repente la tarde le pareció deliciosamente íntima y la vida sublimemente interesante.

Le había conocido en New Jersey, donde él enseñaba, en uno de esos encuentros y talleres a los que asisten los Profesores como un alivio necesario a la rutina de horarios y mítines.

Hoy era lunes. Se besaron como si no se hubieran pasado el fin de semana completo en la cama. Fue entonces que ella se dio cuenta de que alguien podía verles desde la ventana del edificio vecino y corrió la cortinita barata y polvorienta.

Freddy estaba casado con una mujer insulsa, incapaz de hablar inteligentemente de nada, totalmente desinteresada en asuntos de política internacional, justicia social, preservación de animales en peligro de extinguirse, el clima, o problemas de esa índole, pero que tenía cada nueve meses una bebita rubia y gordita que era una monada ya desde el momento en que salía del vientre materno.

Aquella mujer era una coneja y al pobre Freddy no le alcanzaba el salario—miserable según él—que le pagaban allí, para mantenerlas a ella y a las cuatro insaciables conejitas, glotonas y perfumadas con talco Mennen y olorosas a agua de colonia.

Él, Freddy, aquel hombre maravilloso y brillante, que era un genio en Ciencias Físicas y especializado en Electrodinámica, que leía constantemente revistas científicas, y no se inmutaba si se le pasaba una semana sin bañarse y alguien podía notarle un tufillo de animal salvaje; aquel hombre nada común que se manifestaba como un cínico rebelde "anti todo," ¡era suyo!

Un día de estos uno de sus muchos experimentos triunfaría en vez de volarle la tapa a los tambores de metal en que los hacía en el laboratorio, y el mundo reconocería su genio. Y Freddy, aquella maravilla en espera de ser descubierto, ¡era suyo totalmente! se dijo Deborah con deleite una vez más. No importaba que estuviera casado con la coneja pálida, de pelo pajizo y aritos metálicos y liguitas en los dientes, como si algo o alguien pudiese—después de enderezarle los dientes torcidos y grisáceos—redimir, cambiándola, aquella sonrisa vacía y estúpida con que contestaba a toda pregunta que se le hiciera.

Ella en cambio, pensaba Deborah con verdadero orgullo, era una mujer liberada. Aquella aventura a la vez tórrida e intelectual en que estaba envuelta con él, le saturaba de una savia nueva cada trocito de carne pecadora y cada oculto rincón de su fantástico cuerpo de vegetariana e intelectual sin trabas ni inhibiciones, a la vez que le estimulaba el cerebro.

Fue entonces que Freddy, su incomparable Freddy, le dijo que esa noche tenía que volver a su casa, es decir, a la que compartía con su mujer en New Jersey. La coneja estaba furiosa. Amenazaba con un divorcio que lo dejaría en la inopia. Tendrían que ser más discretos. Deborah no dijo nada por unos largos segundos de un silencio pesado y peligroso. Sus músculos felinos se recogieron como listos para saltar. Después, lentamente le dijo que a ella ningún hombre la mantenía en un segundo lugar, en una forma tan ostentosa, indefinidamente. Que había llegado la hora de hacerle frente a aquello. ¡Que tenía que elegir entre ella y la coneja!

Freddy, tomado por sorpresa, no sabía qué decir. Trató de hacerla razonar y calmarse, inútilmente, tartamudeando excusas incompletas llenas de pausas cada vez más inútiles. Le habló de que ella, Deborah, estaba por encima de esos convencionalismos, que ella no era una de esas tontas que creían que el matrimonio tenía nada que ver con el amor, que a él su mujer no lo comprendía y lo aburría, pero que un divorcio y los pagos de mantenimiento de la coneja y de las cuatro niñas hasta que cumplieran diez y ocho años, más los gastos de casarlas, lo desplumarían...

Freddy se detuvo, amoscado, cuando vio brillar el desprecio en los ojos de la indomable Deborah, que de pronto veía a su héroe rebelde como a un cobarde marido, materialista y burgués. Tal vez se merecía a la coneja, pensó Deborah. Hasta la hermosa barba negra y bien cuidada, que un día tuvo, había perdido su brillo y espesura y una aterradora calvicie en ciernes, había comenzado a dejarse ver en su cabeza que un día proclamaba su tardía juventud.

Él se dio cuenta de que estaba perdiendo terreno rápida y vertiginosamente y decidió marcharse sin decir nada más. No se atrevió a añadir ninguna otra excusa porque veía que ella no se las tragaba y temía que dijera algo irreparable.

Humillado, se metió las manos en los bolsillos del eterno pantalón de mezclilla, descolorido y manchado. ¿Por qué diablos tenía Deborah que descender, a eso de que escogiera entre ella y la coneja? Eso era cosa de folletín.

Vuelto a la realidad, el pobre diablo, convertido de repente en un paria en cuestión de unos segundos, salió de la oficina como un perro apaleado y se perdió en la nieve y el viento cortante del atardecer.

Deborah se dijo, con toda la entereza de que era capaz, que ella no era plato de segunda mesa. ¡Freddy podía irse al mismísimo carajo!

$\mathcal{A}$ principios de Diciembre, ocurrió algo cuyas consecuencias Isabella Cardinalli no pudo imaginar siquiera hasta un año después. En uno de los senderos del Campus del College, coincidieron ella y Brandon. Bluestone era un maravilloso escenario donde lo absurdo e inesperado tenían lugar. Con su proverbial amabilidad le preguntó si podía acompañarla, pues ambos iban en dirección al mismo edificio. Isabella accedió y continuaron caminando juntos.

Brandon le dijo que se le había presentado una fantástica oportunidad de inversión y pensó que tal vez le interesara a ella. Un amigo, en quien tenía absoluta confianza, necesitaba una cantidad cuantiosa de dinero para resolver una urgente y difícil situación familiar, sin afectar negativamente el financiamiento de su propio proyecto más reciente, que ya estaba en marcha: la construcción de un fabuloso centro turístico de recreo, un balneario, en una isla privada en el Caribe, que su amigo había comprado hacía dos años. La inversión mínima era de $5,000 y la operación sería "bajo la mesa" de modo que las ganancias de los inversionistas no tendrían que ser reportadas al Departamento de Impuestos o *IRS*. Brandon añadió que la ganancia sobre la cantidad invertida sería de un 20%, algo fantástico, porque los bancos estaban pagando solamente 2% de interés, en certificados de depósitos, *CDs*, por seis años.

A Isabella, tan moral, poseedora de un sentido ético muy alto y siendo como es una persona obediente de la ley, no se le había ocurrido nunca tratar de evadir el pago de impuestos. Había sido repentinamente sorprendida por la proposición de Brandon. Sin embargo, siendo al mismo tiempo una mujer inteligente y honorable, no aceptó su oferta. No quería ofenderlo, pero se excusó de contemplar la idea, diciéndole que le agradecía haber pensado en ella, pero que tenía planeado añadir un estudio para su hogar y una vez terminado, iría a Italia en el verano. Él, amable, le dijo que podía pensarlo y entraron al edificio donde daban sus clases.

Al terminar su clase, Brandon, que tenía una cita con el Decano, se dirigió al edificio de la Administración. El Decano, le recibió cortésmente. Brandon que le consideraba intelectualmente inferior, muy lento y aburrido, comenzó a inflarle el ego al pobre diablo y le aseguró que como Decano, su guía y visión del futuro, eran imprescindibles al progreso de Bluestone, aunque parte de la Facultad no lo apoyara.

Deslizó entonces en la conversación, sin entrar en detalles, el asunto de la oportunidad de la inversión, por debajo de la mesa, con la garantía de una ganancia de un 20% sobre el préstamo, dentro de un año.

El rostro del Decano no mostró reacción alguna, pero sus ojos brillaron detrás de las gruesas gafas. Se arrellanó en su cómoda silla detrás del escritorio y asumió su postura preferida, de Buda gordo y feliz.

—*¿Qué estará pensando? Se preguntó Brandon.*

El hombre era como un cartelón de Toulouse-Lautrec a lo *"Moulin Rouge."* Tenía un inmenso vientre, una narizota en forma de nabo y una ridícula barba rojiza. El bigote de un desteñido rubio-zanahoria, completaba lo que parecía una caricatura.

Brandon permaneció silencioso mientras trataba de interpretar la expresión peculiar del Decano, para poder determinar qué demonios estaba ocurriendo en su letárgico cerebro, mientras que jugaba distraídamente con el anillo que llevaba en el meñique, como si el silencio del Decano no le preocupara, aunque interiormente, comenzó a temer si había ido más allá de lo aceptable, si el Decano desaprobaba su propuesta de la inversión ... si ...

El Decano abrió un compartimento de su buró, sacó unos vasos y una botella de scotch, y sirvió dos tragos generosos en éstos. Sin decir nada, el Decano le dio su vaso a Brandon. Éste, tomó un pequeño sorbo y esperó a que el Decano dijera algo.

—*¿Quién es tu contacto y cuáles son los detalles?*

Brandon, aliviado, le contestó.

—*Es una persona de inmensa confianza y reputación financiera. Yo no puedo revelar su nombre, por ser tan conocido en la comunidad y tener cuantiosas inversiones. En el mundo de las finanzas, ya sabes que cualquier mala interpretación dañaría la confianza en él, de algunos asociados suyos en otros proyectos .*

Esta vez fue el Decano quien tomó, no un sorbo sino un buen trago de su scotch.

—*Yo sería muy discreto, Brandon.*

—*¡Ya lo sé! ¡Por Dios! Mi amigo es también un caballero con un sin número de grandes inversiones. Simplemente, necesita resolver discretamente un inesperado asunto familiar que confronta un sobrino.*

—*¿Podrías ser un poco más explícito, Brandon?*

—*Trataré. La mayor parte del dinero líquido que él tenía separado y disponible para facilitar sin demoras el resto de su proyecto, tuvo que facilitárselo a un sobrino que lo necesitó urgentemente. La inversión de que te estoy informando cuando haya sido finalmente terminada, le hará sin duda alguna, un multi-billonario!*

—*¿De veras?*

Brandon, sin demostrar ninguna tensión por las dudas que parecía tener el Decano, tomó otro discreto trago de su scotch y continuó hablando.

—*¡Es un negocio fantástico! ¡Él había comprado hace dos años una isla en las Antillas Menores, a cierta distancia de la costa de Saint Maarten. La isla era una posesión de una empresa europea. Mi amigo ahora está construyendo allí, un fabuloso complejo de edificios, incluyendo un hotel de lujo, con seis restaurantes de cinco estrellas, cafeterías, cabarets, boutiques, una marina de primera clase, en un paraíso caribeño, que atraerá una* *clientela internacional y estadounidense riquísima. Gente adinerada, millonarios a quienes no les importa gastarse una fortuna en darse el lujo de disfrutar de unas vacaciones fabulosas en el Caribe o la Riviera, con todos los extras que su estancia allí cubre, incluyendo golf, yoga, equitación, tenis, y toda clase de caprichos que satisfacer.*

—*Todo eso suena fantástico, Brandon. Quisiera oír algo más concreto acerca de la inversión ...*

—*¡Desde luego! Quería darte una idea del aspecto tan atractivo de la inversión, para atraer a los futuros huéspedes.*

—*¿Por qué, debo yo de jugarme lo que he ahorrado, sin que mi mujer crea que alguien, más ducho que yo, me ha tomado el pelo?*

—*¡Porque es un negocio increíble y seguro! Raras veces existe algo así. Nuestro hombre, necesita encontrar inversionistas, que estén dispuestos a contribuir el dinero necesario, para poder él completar su proyecto, sin retrasos, a pesar del gasto imprevisto del problema económico del sobrino! Cosas de familia... ya sabes... Piénsalo.*

Brandon, sabiendo que había dicho suficiente, se puso de pie para darle tiempo al Decano a rumiar lo que había oído, fascinado con la posibilidad de ganancias sin impuestos.

Ya Brandon estaba de pie, a punto de salir, cuando añadió con su acostumbrada cortesía:

—*Perdóname Gerry. Tengo una cita. Pero déjame que te explique brevemente la parte más atractiva de la inversión: aquellos que participen ahora, recibirán un 20 % de interés, por debajo de la mesa, del dinero que contribuyan como principal—ya sean $5,000, $10, 000 o más—cuando el proyecto haya permanecido abierto y funcionando ¡por sólo seis meses! Al año de su inversión, el principal del dinero aportado por cada inversionista, le será totalmente devuelto!*

—*¿Cuánto has invertido tú, Brandon?*

—*Lo que pude: $10,000. No tenía más.*

—*Te llamaré esta noche con mi respuesta final, Brandon. Gracias por haber pensado en mí.*

Al salir del despacho del Decano, Brandon se encontró en el pasillo con una mujer de aspecto sólido, hombros y gestos de jugador de fútbol, piernas cortas y macizas como jamones, y busto voluminoso y rotundo. Vestía traje sastre color mostaza. Llevaba al cuello una bufanda floreada de poliéster anudada en forma de lazo. Parecía un *"tomcat,"* un gato elegante y donjuanesco.

La Profesora Gertrude La Belle, con su aire práctico, zapatos ortopédicos, dientes equinos y el cabello cortado por una mala peluquera, es la viva imagen de la energía, el orden y la eficiencia. Está totalmente dedicada a llegar a ser Presidenta de algún College o Universidad, aunque tenga que largarse a lugares inhóspitos. Todo el mundo está de acuerdo en que tiene la gracia de un hipopótamo saludable, porque no camina. ¡Trota!

Los sábados, su día de descanso, se da uno de sus pocos lujos. Juega al tenis si encuentra una víctima, o ve por televisión con el santo de su marido francés —que odia el fútbol— un buen partido y toma tres o cuatro cervezas, como un buen camionero de Milwaukee. A veces los traiciona y toma Heineken.

Ella se lanza vertiginosamente a sus muchos proyectos, como una avioneta en picada. Desafortunadamente, vio a Brandon cuando éste salía de su cita con el Decano.

—*¡Qué suerte, Brandon! ¡Quería hablarte!*

Gertrude comenzó a hablarle a Brandon, en voz baja y ronca de disco rayado y su tono más amable y cortés y el acento ficticio que adquirió en Londres! Era alemana.

—*Necesito consultarte algo, Brandy.*

Él asintió, permaneció con cara de iluminado, maldijo su suerte, y ladeó la cabeza acercándole el oído a aquellos horribles, labios de mona que tenía Gertrude y se juró a sí mismo, que la despacharía tan pronto pudiera. Pero, ella era Jefa del Departamento de Estudios Sociales y miembro de los comités más importantes e influyentes de la institución.

La voz de Gertrude se hizo sibilante y comenzó el fétido murmullo interminable de las vitriólicas acusaciones contra el grupo opuesto al Presidente y tres decanos leales a éste. Respiró hondamente y dejó pasar unos segundos.

Al borde de la controlada histeria que lograba usar de vez en cuando, enumeró los ardides del otro bando. El garraspear de piedrecitas en el arroyuelo en aquella caverna sombría que era la garganta de la mujer continuó, arrastrándose por el desagradable cauce de su voz. Él la oía, imperturbable. Cuando finalmente ella hizo una pausa, controló su histérico discurso, lo cual lograba usar de vez en cuando, y enumeró los ardides del otro bando, añadió, dramáticamente que Brandon, tenía que ayudarles a salvar aquella institución venerable ¡o ésta se hundía!

Brandon, con su innegable talento para sentarse en la cerca y no tomar partido o comprometerse, le dijo que era sin duda una situación delicada. Por una parte comprendía las preocupaciones de ella. Brandon era un genio en eso de verle el pro y el contra a todo y añadió, que él trataría de pensar en alguna solución aceptable a ambos bandos y que ahora tenía que irse, porque *Mamá* lo estaba esperando.

La Belle comprendió que él quería quitársela de encima, pero se contuvo y sonrió con su más nauseante sonrisa, para no cerrar la puerta a un posible cambio de actitud de Brandon, y se separaron al fin, aliviado él y furiosa ella.

$\mathcal{L}$ucrezia Donizetti, Jefa del Departamento de Arte, es un personaje fascinante. Es encantadora pero no tiene suerte a la hora de escoger "finalmente" al amor de su vida. Siempre atrae a toda clase de tipos emocionalmente inestables con complejos y hondos problemas psicológicos y una vez que los conoce, devotamente—no astutamente— se dedica a salvarlos de sus obsesiones torturantes. Siendo como es una soñadora optimista y romántica, su personalidad y la de ellos habitan hemisferios completamente diferentes.

Antes de cumplir treinta años se divorció de Sammy Grey, su indeciso, claustrofóbico y extraño segundo esposo, ¡que sufrió toda su vida del complejo de Edipo!

Queriendo probar su suerte en un lugar y atmósfera diferentes, lo antes posible, al final del segundo dramático e improductivo desastre familiar—noches de pesadillas, temblores y acusaciones falsas— decidió comenzar su nueva vida, ¡en París! ¡Su optimismo y romanticismo no tenían límite a pesar de su historia! Siempre, en contra de toda lógica, se culpaba a sí misma.

Ese verano, salió para París, llena de nuevas esperanzas y sueños. Tenía un pequeño pero encantador piso, en el famoso y bohemio "Left Bank" de Saint Germain des Press, cerca de la magnífica Catedral de Nuestra Señora, en el corazón del área tan popular con artistas y escritores en busca de "temas nuevos."

Su vida en París, sería totalmente diferente de la que había dejado detrás.

Ya en París, decidió deshacerse de todas sus absurdas frustraciones y ¡dejar que su espíritu artístico volase, libre y sin trabas! Pintaría, escribiría, visitaría museos ricos en las artes de siglos, durante el día. En las noches, disfrutaría de un sin número de espectáculos, asistiría a conferencias literarias de los autores del momento, y más tarde a las tertulias de los inigualables Cafés al aire libre, de La Ciudad Sol!

Se prometió no envolverse seriamente con ningún hombre, sino nutrirse intelectualmente y sentirse totalmente libre de que nadie le impusiera ninguna demanda absurda, deformándola a ella.

Entonces intervino su destino y sucedió lo inesperado. Conoció un hombre fascinante. Inmediatamente, Lucrezia sintió, supo, que esta vez, este hombre, sería el amor de su vida.

Cuando lo vio por vez primera, él estaba vestido con un *pullover* negro, una larguísima bufanda blanca, "*Valentino jeans*" también negros y de un corte perfecto, y un aire *sui generis* de pertenecer, de "ser" alguien especial.

Lograba con su actitud relajada y distante llamar la atención por su porte y su aspecto chic-bohemio, que era un contraste interesante y nada fácil de lograr. Lucrezia lo evaluó con ojo clínico: como si fuera un hermoso caballo de carreras. Sería un modelo fantástico para una serie de dibujos del cuerpo humano. ¡Parecía un hermoso galgo ruso! ¿De dónde brotó esa idea en su cabeza? No lo supo… pero era una imagen perfecta. Y llena de ilusión artística, comenzó a coquetear con él para llegar a saber si era sólo músculos y fachada o si a su fantástica figura, le acompañaba un cerebro alerta y cultivado. Lo invitó a bailar antes de que las otras pintoras y escritoras de su mesa en *Le Grincheux Gorille* le tomaran la delantera. ¡Era un bailador fantástico!

A partir de esa noche se vieron frecuentemente. Como por casualidad, se encontraban en *Le Gorille* y conversaban por horas acerca de todo tipo de tópicos. Transcurrió un mes antes de que ella descubriera finalmente algunos detalles importantes acerca de la extraordinaria historia de este hombre que sería su nuevo interés amoroso.

El exótico ruso Sergei Petrovich, era alguien totalmente diferente a los hombres con quienes Lucrezia había compartido su vida. Bluestone era un lugar ideal para ganarse la vida; no para disfrutar de ésta.

Ella llegó a la conclusión de que Sergei era maravilloso, educado, inteligente, extraordinariamente interesante y un soñador como ella. Eran tan compatibles, con su pasión y amor por el ballet, literatura y las artes, que ella se sentía afortunada e invadida de felicidad.

La tempestuosa e intensa Lucrezia, enamorada del amor, dejó correr su inmensa imaginación. Imaginó que Sergei era, tenía que ser, descendiente de un ardiente e impetuoso Cosaco o de un noble Guardia de confianza del último Zar, con una noble condesa rusa.

Irritado, Sergei le dijo que no lo era, pero ella estaba convencida de que él no era, simplemente, un ruso viviendo en París. ¡No podía serlo!

—*Tal vez tus antepasados pertenecían a una clase superior de intelectuales … un nieto o biznieto de Tolstoy o Chekov, tus autores favoritos.*

Ella lo dijo medio en broma, tratando de sacarle la verdad. Él sonrió y le dijo que sus orígenes no eran tan fascinantes. En el fondo, Sergei pensó que ella vivía en un mundo de fantasías en que creía fuera cierto, aquello con lo que soñaba.

La increíblemente imaginativa Lucrezia no se atrevió a decir en forma adecuada una de sus teorías. Quizás Sergei era el producto de un ilícito y candente, romance, entre un noble de alta alcurnia y una bellísima duquesa en la corte de Nicolás y Alexandra! Sólo pensarlo la llenaba de emoción y placer.

Lucrezia estaba segura de que detrás de su silencio acerca de su pasado había una historia romántica e intrigante, algo magnífico y extraordinario. No podía imaginárselo, tan culto, gallardo y refinado, vendiendo pólizas de seguros de vida o siendo un pobre vendedor de paquetes de agencias de turismo o vendiendo bienes raíces.

De vez en cuando le cruzó por la mente la idea de que a lo mejor, Sergei había sido o era aún un espía ruso. ¡Nunca se atrevió a preguntárselo! La carrera de espía parecía posible, dada su reticencia a hablar del pasado o de su presente forma de ganarse la vida manteniendo el secreto de cómo y dónde!

Tal vez era lo que clasifican como un *sleeper* en el mundo de Inteligencia de los espías no dados de baja, sino *dormido*s, en espera de una nueva misión importante.

Dos meses después de haberlo conocido, finalmente le sacó la verdad. Había sido parte del elenco del Ballet Nacional Ruso. Eso explicaba su elegancia, la gracia sin afectaciones de su fantástico cuerpo, delgado y flexible. Tenía el pelo, que de adolescente era rubio, con reflejos plateados, y ahora casi blanco en las sienes, los ojos de un azul indescriptible y un perfil perfecto.

Sus últimas interpretaciones en la escena habían sido ¡El Príncipe, en *El Lago de los Cisnes,* y el papel principal de El Pirata en *Le Corsaire!*

Ya en París—Sergei se había ido como miles de descontentos rusos—buscando fortuna fuera de ésta cuando se desplomó la USSR, pues la paga ahora era mezquina, aunque le daban flores después de cada aparición. Él las arrojaba a la calle antes de irse a algún tugurio a consolarse tomando vodka.

Pero de eso, Sergei no hablaba. Seguía pretendiendo como tantos otros, manteniendo la leyenda de lo que había sido. Ahora, en París, se ganaba la vida haciendo lo que podía contando historias imaginadas de su grandeza o actuando, para comer. Pero Lucrezia no lo sabía.

Realidad, fantasía e imaginación se habían fundido.

Una noche, Lucrezia y Sergei fueron a un Café que era muy popular entre los artistas locales. Fue entonces que ella finalmente oyó de sus labios su extraordinaria historia, al borde de la verdad, sin traspasarla totalmente.

Además de haber sido un bailarín principal del Ballet Nacional Ruso, le confesó que le había fascinado siempre el exquisito y difícil Arte de la Pantomima y había estudiado con el famoso e inigualable Marcel Marceau. Lucrezia, una vez más se sintió fascinada por esta otra artística faceta de Sergei. De Marcel, su venerado Maestro y amigo íntimo, Sergei aprendió la gracia exquisita de un inigualable artista de ese difícil género. Cuando Marcel traía a la escena su creación más famosa, El Payaso Bip, el nostálgico personaje de su juventud, su vulnerabilidad, su tristeza sin excesos pero real, y su ternura extraordinaria, tocaba el alma misma de la audiencia. Todos, en algún momento, habían sido el humano ser humano que era El Payaso Bip.

Lucrezia pensó, que Sergei tenía una vida extraordinaria, o una imaginación fantástica. Era, al menos, sorprendente.

—*Y pensar que se lo encontró en un Café, en París, con el Sena como rutilante fondo, al que pudiera ser, ¡el amor de su vida!* Reflexionó en silencio, conmovida.

Unas semanas después, a insistencia de Lucrezia, Sergei accedió a actuar en *Una Noche de Improvisación a beneficio de El Hogar de Pintores, Artistas, y Actores Desvalidos.*

La noche señalada, cuando el Maestro de Ceremonias anunció la actuación de Sergei Petrovich, en el Salón del Teatro Circular del Hogar, se hizo un profundo silencio y reinó una obscuridad total.

Ahora la escena que antes ocuparan los músicos de un conjunto de jazz, se había convertido en un parque. La decoración era mínima: se limitaba a un banco desocupado. Se oía el murmurar de una fuente y de vez en cuando, el trinar de algún pájaro.

Sergei, vestido como uno de los payasos del *Período Azul* de Picasso, se acercó al centro de la escena. Su pelo dorado resplandecía bajo las luces. Su expresión era agradable. Era joven y se movía con fluidez y cada movimiento parecía brotarle sin esfuerzo alguno.

Su maquillaje era muy discreto, tenía una cierta transparencia, con un tinte azulado. Tenía una pequeña rosa, intensamente roja, pintada en una mejilla. La boca también roja y en una perpetua sonrisa, parecía una jugosa tajada de melón.

Aunque no se movía del centro de la escena, simulaba estar caminando encantado con las flores y árboles del parque aunque la escena estaba vacía y seguía mostrando el banco. El Payaso estaba lleno de vida, ilusión y cierta apacible tranquilidad. Entonces, en un gesto deliciosamente pícaro, se inclinó y arrancó una flor que sólo él veía y se la puso detrás de la oreja e hizo una pantomima de bailarín Flamenco, arqueando su flexible espalda y moviendo con fluidez sus brazos y manos, chasqueando los dedos como si realmente estuviese tocando unas fantásticas castañuelas, mientras gente del público, divertidos, gritaban ¡olé!

Repentinamente, al volverse se encontró frente a frente con alguien que era totalmente invisible a la audiencia. El Payaso se quitó el sombrero cortésmente y se inclinó en un elaborado gesto.

El público, asumió que el invisible nuevo personaje era una mujer—tenía que serlo—por la manera en que él había reaccionado al verle. Obviamente enamorado, él comenzó a flirtear con ella delicada y tiernamente, como en un sueño.

Finalmente, se llevó las manos al pecho imitando en los gestos de las manos el palpitar de su apasionado corazón. Inclinó la cabeza a un lado, como en un ruego y la miró a los ojos, transido de amor. La invitó a caminar con él. Ella aceptó pues él le ofreció su brazo y de nuevo comenzó a caminar—permaneciendo en el mismo lugar—con el brazo extendido como si caminaran juntos y ella se apoyara en él. En un gesto lleno de éxtasis, él acarició la mano que descansaba en su brazo.

La mujer, inexistente en la escena, pero real para el público, ocupaba, mientras "caminaba" junto al Payaso, el lado que daba toda la visibilidad a los gestos del rostro y cuerpo de él, de modo que el público veía las intensas emociones por las que él pasaba, retratadas en su rostro. ¡Era un hombre enamorado!

Después de un breve tiempo, él miró su reloj y mostró sorpresa ante las horas pasadas. Se sentaron de nuevo en el banco, y él continuó expresándole su intenso amor, llevándose las manos al pecho y secándose lágrimas de amor. Se arrodilló ante ella, tomó una de sus manos y se la besó apasionada, repetidamente con gestos de pasión a lo Charles Chaplin.

Finalmente, una expresión de extrema felicidad inundó su afligido rostro y el público, pendiente de sus gestos de angustioso dolor, comprendió que ella lo había aceptado. Él se sentó junto a ella en el banco, la tomó en sus brazos y la besó apasionadamente ¡como si el fin del mundo ocurriría al final de aquella noche!

El rostro de Sergei, bajo el maquillaje, expresó ahora absoluta devoción a su amada. Después de besarla interminablemente se pusieron de pie y con sus brazos rodeando el vacío de la cintura de la amada, salieron del parque mientras que el nuevo día comenzaba a teñir el cielo.

La audiencia, encantada, irrumpió en aplausos prolongados.

Cuando la segunda parte del fantástico programa de *jazz* terminó, unos quince minutos después, el Salón, bajo la blanca carpa que se insinuaba al fondo de la escena, se sumió de nuevo en una obscuridad total. Se hizo el silencio.

Una niebla casi transparente, apenas sentida, inundó la carpa. Una música extraña, de pesadilla, desafinada y lenta, fue llenando el recinto. Cuando la niebla se disipó lentamente, una luz cegadora, iluminó la escena. La música languideció pero no del todo; era un murmullo lejano ... persistente... molesto ...

Sergei, completamente transformado se veía angustiosamente derrotado. Su rostro aparecía ahora surcado de profundas líneas. Era un payaso triste, como tantos.

Se enjugaba los ojos enrojecidos. Una lágrima plateada, acentuada por un fino borde negro, había reemplazado la rosa roja pintada en su mejilla de payaso feliz y soñador.

Usaba una túnica flotante de satín negro con un enorme cuello con el material rizado como una peonía color violeta, o una nube deshecha por el viento. Sus pantalones, eran del mismo satín negro. En un pie llevaba un zapato blanco, en el otro, relumbraba uno amarillo con un hueco, por el que asomaba un calcetín rojo.

El viejo Payaso entró, lentamente, haciendo gestos que sugerían que empujaba un pesado fardo en un carretón. Continuó empujándolo trabajosamente con lentos, movimientos de su vencido cuerpo. La expresión de su ajado rostro, reflejaba una tortura inmensa y las obscuras cejas se unían, dolorosamente, reflejando su profunda desolación, mientras que la lágrima plateada, se desteñía y rodaba hasta la boca contorsionada en un gesto doloroso.

A veces, trabajosamente, se llevaba las manos huesudas al pecho como si tratara de aliviar el terrible peso que le desgarraba el devastado corazón. Suspiró y levantó la cabeza hacia el cielo suplicando alivio y concentró en su doloroso rostro, gestos trágicos que reflejaban y exteriorizaban su desesperación.

Así pasaron unos segundos. El angustiado Payaso hizo una pantomima en que se sacaba una carta del bolsillo y la leyó en silencio, mientras movía la cabeza negándose a creer lo que leía. La audiencia, testigo de su desesperación, veía y sintió el dolor del Payaso, tan brillantemente expresado sin una palabra.

Su tragedia, su gran amor traicionado y su soledad, fueron así compartidos con los presentes. Lentamente, mostrando su derrota, continuó moviéndose trabajosamente, manteniéndose en el centro de la escena, empujando la pesada carretilla—símbolo del fardo de su tragedia—que logró compartir con los testigos de su inmenso dolor, mediante su extraordinaria actuación y lentamente, vencido y exhausto, salió de la escena.

La audiencia, explotó en un torrente de aplausos que duró lo que parecía una eternidad.

Finalmente, el melancólico y atormentado Payaso, regresó caminando con dificultad hasta el centro del tablado miró en derredor y después de unos segundos, se desplomó. ¡Había muerto de amor!

Si Lucrezia no hubiese estado convencida antes, de que Sergei era *el amor de su vida,* lo estaba ahora después de verlo en la escena esa noche. Se sentía profundamente conmovida ante la inmensa sensibilidad de su brillante actuación.

Lucrezia y Sergei, que desde el principio de conocerse se sintieron atraídos mutuamente, después de esa noche, sin prisa, iniciaron el fascinante juego de seducción que desde la Edad de Piedra ha entretenido a los seres humanos. Cada uno dio y tomó del otro todo el fuego instintivo y la pasión que había surgido entre ellos y dejaron que sus emociones los consumiera cediendo a los sentimientos que prometían llenar a plenitud todos sus sueños.

Ninguno de los dos se preguntó hasta cuándo o se comprometió diciendo que amaría al otro por el resto de su vida ni la posibilidad de casarse. Sergei decía con cierto orgullo, que él nunca había transigido a aceptar la rutina o los convencionalismos de la mayoría de la gente; esencialmente ellos dos eran espíritus libres y añadía enfáticamente que tanto él como ella estaban por encima de las absurdas reglas que otros habían dictado, que ellos no tolerarían nunca sentirse estrangulados por las leyes, y que era posible que los intensos y apasionados sentimientos que sentían ahora, cambiarían, como ocurría generalmente, al sentirse obligados a permanecer juntos, prisioneros del documento que firmaron al casarse, que sólo podía deshacerse, mágicamente, al firmar en otro documento igualmente ridículo y temporal, su divorcio.

En cuanto a Lucrezia, se liberó del fardo de sus propias fallidas experiencias amorosas del pasado y se dedicó, devotamente y con absoluta confianza, a amar a Sergei apasionadamente.

Los meses pasaron y Lucrezia creyó, que sin duda alguna, había finalmente encontrado en Sergei, todo lo que había aspirado a encontrar en el hombre ideal. Él era inteligente, sensitivo, romántico, apasionado y tenía una imaginación y un temperamento artístico, que la fascinaba.

Un atardecer, después de haber pasado unas horas con sus amigas en el Café, Lucrezia regresó al apartamento que compartía con Sergei. Él no estaba pero le había dejado una nota.

Le decía que había recibido una llamada inesperada de Moscú. Le ofrecían un contrato como Director de una Nueva Compañía de Ballet, que haría giras artísticas a las principales capitales de Europa, China, Japón, India y Latinoamérica. Tenía que volar inmediatamente a Moscú. Añadió que sabiendo cuán espontánea, comprensiva, generosa e independiente Lucrezia era, él estaba seguro de que se alegraría de esta fantástica oportunidad artística que se le estaba presentando. ¡Todo por amor al arte!

Añadió que tal vez se encontrarían de nuevo por casualidad cuando coincidieran en New York o París si el destino volvía a reunirlos. Nunca la olvidaría y le deseaba todo lo mejor de este mundo.

Después de que unos minutos pasaron, Lucrezia, bajo el choque inmenso de aquella inesperada noticia, decidió reaccionar como una mujer madura y sofisticada. Se sirvió un martini doble, puso música y se quitó la ropa.

Abrió el grifo de la bañera con agua caliente, llenándola casi hasta el borde. Le añadió unas sales y cristales perfumados y se sumergió lentamente mientras sostenía en una mano su martini.

En una mesita preciosa que había comprado en un una casa de empeño, había colocado la coctelera llena con martinis hechos con el mejor de los vodkas que Sergei había comprado la noche anterior, con dinero de ella, pues los prefería a los hechos con ginebra.

Lucrezia observó sin nostalgia que sin él, tenía más espacio en la bañera.

Al amanecer, se sintió vindicada por su conducta ejemplar. ¡Después de todo, no se había suicidado ni había siquiera pensado en hacerlo!

Hizo, como siempre sus ejercicios de yoga—una práctica adoptada gracias a Sergei—que la inició en ello.

Después de sus ejercicios y meditación, se vistió y desayunó, su nutritivo y acostumbrado menú consistente en jugo de naranjas y zanahorias, mezclados y delicioso, dos huevos pasados por agua, dos tostadas de trigo con mermelada de melocotón, una manzana y una taza de café. Como siempre después del desayuno iría a caminar sus cinco millas.

Por el momento, se dijo, se había logrado anestesiar y no sentir absolutamente nada, gracias a los famosos, deliciosos y peligrosos *"martinis moscovitas"*—una creación del embustero Sergei Petrovich según éste—seguramente otra mentira de las muchas que él decía.

Sergei le confesó a Lucrezia—en un momento de sublime debilidad, después de una noche de increíble e inolvidable amor—que él había robado la receta de un *"bartender"* borracho. Le pidió que no se lo dijera a nadie y ella le prometió no hacerlo en uno de esos momentos en que no importa qué Cociente de Inteligencia se tenga, se actúa como una idiota y se hace lo que un hombre como Sergei, en toda su gloria física, le pide.

Después de todo, Lucrecia era una mujer vulnerable, enamorada, y en París, viviendo un romance excitante y fantástico con... tal vez—o quizás no—un espía ruso, o un bailarín de ballet ¡o sólo Dios, en su infinita sapiencia, sabe qué!

Se dijo, filosóficamente, que archivaría esta experiencia con las de otros errores amorosos. Sergei la había deslumbrado. Era, sin duda alguna el más original e intrigante de todos los tipejos que el destino, caprichosamente, le había puesto por delante. Como el Gran Houdini, encadenado dentro de su baúl, se había liberado, escapando. ¿Estaba realmente volando a Moscú, o acomodado por un tiempo con otra, en un apartamentito bohemio, en París?

¿Por qué y cómo ella siempre atraía a estos personajes? Era un misterio que nunca lograría comprender. ¿Tenía ella alguna clase de impedimento o problema que los atraía como una polilla a la luz? ¿Emitía ella un aroma, un perfume especial que pregonaba su vulnerabilidad? El resto de su familia tenía vidas normales. Se casaban, cocinaban lasagna, usaban las recetas de la Abuela Lucía para las comidas de la familia los domingos, enviaban tarjetas de Navidades o apropiadas a otras circunstancias a familiares y amigos... ¿Por qué le pasaban estas cosas a ella?

En la terracita de su piso, su canario cantaba dulce y alegremente, totalmente ignorante de los acontecimientos devastadores de su vida. En otro piso, el tenor —aspirante a ser famoso un día, ensayaba cantando— con una grabación del gran Pavarotti. En su estudio, rodeada de helechos, begonias, orquídeas, violetas y plantas colgantes, Lucrezia tomó una resolución: tenía que volver la página de aquel episodio y de lo ocurrido. Sentía el corazón, el pecho mismo, tan frío como si hubiera dormido en el congelador de su *Whirlpool,* y no en su lecho.

La primavera había llegado. Tomó sus llaves, salió de su apartamento y se fue a caminar sus cinco millas.

Finalmente, le dio su canario al tenor del edificio, sus plantas a Madame La Font del segundo piso, cerró su apartamento, y regresó a Bluestone, con sus cartapacios llenos de apuntes, rasgos, rostros interesantes, dorsos, el Sena y sus puentes y alguna calle o parque de París, irremplazables todos. ¡Llenos de vida y sol! No incluyó sus apuntes de Sergei, que quemó en la estufa como si ella fuera miembro de una moderna Inquisición. Tratando de no pensar, se sumergió en su trabajo en el College. Los meses pasaron. Su depresión continuó. Ninguna píldora la aliviaba.

Anteriormente, había acudido a sesiones costosas con su psiquiatra, Pietro Scarletti, por otros rompimientos. Llamó a su consulta y pidió un turno para verlo. Una semana después Lucrezia entró en el despacho del caro, indiferente y gordito psiquiatra italiano, que no había visto en unos meses.

—*¡Signorina Lucrezia! ¡Cuánto placer es verla! ¡Cómo le va?*
—*Lo mismo que siempre.*

—Si me permite, Signorina, no lo tome a mal ... pero yo la encuentro ... más atractiva que nunca, más hermosa ... ¡Le asienta la depresión! Ese distante, fatalístico aire y desinterés en lo que la rodea la hace más romántica, frágil, encantadora. Luce etérea, inconquistable, inasible ... más deseable.

La mirada en los ojos del psiquiatra y su actitud, tan rara, y nunca mostrada anteriormente, sorprendió a Lucrezia.

—¿Qué le pasa a esta rata? Se preguntó ella.

Scarletti, sudoroso, bajo increíble tensión, parecía un indefenso tigrecillo, inexperto, pero determinado a aprender los trucos de su raza y volverse un gran cazador; un tigre experto que al encontrar su presa en la obscuridad de la noche en la tupida jungla, ante un pobre animalito indefenso—*¿como ella?*—podría hacerla suya, una vez desarrollado su latente instinto de cazador!

—Dr. Scarletti, ¿se siente Ud. bien? Luce y se expresa en una forma diferente. ¿Es su cambio parte de una nueva terapia?... ¡Dígamelo! ¡No me gusta su actitud! ¿Está tratando de alentarme, o de repente está flirteando conmigo?

—Ambas cosas tal vez. (Queriendo sonar sofisticado daba náusea) *Es hora de que lo sepa. Ud. y yo somos almas afines, almas gemelas, y ahora, repentinamente, tenemos una historia similar.*

—Dr. Scarletti, no entiendo nada de lo que dice.

—Mi esposa, me ha abandonado por mi mejor amigo y está desacreditándome ¡diciendo en televisión, en un programa estúpido, que soy impotente!

—¡Eso es terrible! ¡Cómo es posible que hable de algo tan íntimo en TV! ... ¿Es verdad?

—¡No! (frenético) Pero si mis pacientes, que son unos idiotas, creen lo que ella dice ... ¡Puede dañarme!

—¿Cómo?

—Profesionalmente. ¡Económicamente! Un psiquiatra impotente, es un fracaso. ¡Pierde su reputación profesional! ¿Cómo puedo yo tratar pacientes con ese problema—que es muy común—si esa mujer infame les convence de que yo lo tengo también!

—¿Me permite que le dé un consejo?

—Desde luego. ¿Pero ve en qué forma esto dañará mi reputación? Repentinamente, usted me cree incapaz de actuar inteligentemente y quiere darme un consejo profesional ¡a mí, su psiquiatra!

—¡No lo tome así! Sea práctico. ¡Yo tengo experiencia en todo tipo de situaciones difíciles como la suya! Situaciones increíbles, desesperadas, deprimentes...

—¿Cuál es su consejo?

—Dígale a su abogado que informe a su esposa que Ud. va a demandarla por difamación y que tiene que retractarse de lo que ha dicho en revistas y TV, por no ser cierto.

—¿Usted cree?

—Claro que sí. ¡Además, búsquese una amante atractiva y más joven que su esposa! Salga abiertamente con ella, para que la gente lo vea en su compañía. Llévela a las carreras de caballo, teatros, conciertos y restaurantes internacionales de moda, como Ferrari's, Amore , Le French Affair, o El Siglo XXI, que acaban de abrir y tienen un espectáculo fabuloso y una comida exquisita!

—¡Es una idea fantástica! Me encanta comer bien. Lucrezia, con el debido respeto, déjeme decirle que usted es una mujer fabulosa, extraordinaria, inteligente, bellísima, bien educada, apasionada, y con una impresionante reputación.

—Gracias, doctor.

—¿Por qué no pretendemos que he encontrado la mujer perfecta y que estoy profundamente fascinado y enamorado de usted?

—¿Está sugiriendo que me convierta en su amante? ¿Se ha vuelto loco? ¡Yo soy su paciente! ¡Qué clase de mujer cree que soy! ¡Sería inmoral, carente de toda ética profesional por parte suya y mía, algo totalmente fuera de mi persona, conducta y posición social!

—Cierto. ¡Por lo mismo, deje de ser mi paciente! Usted no me necesita realmente. No estoy sugiriéndole que sea mi amante o que estoy enamorado de usted.... Francamente, si me lo permite, sin ofenderse, déjeme decirle, Signorina, ¡con todo respeto! ... que usted es una mujer muy complicada y *neurótica. Yo sé que no está enamorada de mí, ni yo de usted. No soy su tipo ni usted el mío.*

—*¿Cómo sabe usted, idiota, quién soy, cómo soy? Lo que sabe de mí, es por la serie de estupideces que le digo. Le digo todas esas idioteces porque me siento bien de decírselo a alguien.*

—*Signorina ...No pretendo que sé todo lo referente a usted con absoluta certeza. Simplemente viene a mi consulta y me dice sus dudas, pensamientos y sentimientos. ¡No sé si lo que me cuenta es verdad! ... ¡Le tengo miedo, Lucrezia!*

—*¿Qué está diciendo, morón?*

—*Cálmese. ¡Se lo digo con absoluta sinceridad! ¡Puede estar segura, de que ¡nunca me envolvería con usted por nada de este mundo! Ambos estamos a salvo uno del otro. No hay riesgo alguno en lo que le he propuesto.*

Pietro Scarletti estaba fuera de control, sudoroso, fumando un cigarrillo tras otro, gesticulando como un verdadero loco, caminando y hablando incesantemente como un ser poseído por fantasmas de su propia mente.

—*¡Deje de fumar! Sé que voy a lamentar haberle hecho esta pregunta. ¿Qué es, exactamente, lo que me está proponiendo? ¡Hábleme claro!*

—*Es que ... sin yo esperarlo, su sugerencia, me dio la idea de ..*

—*¡Oh! Así que es mi culpa de que usted esté preparando en su podrido, degenerado y afiebrado cerebro, esa locura de que está enamorado de mí, para salvarse del temido ridículo y la ruina financiera. Más aún, con su falta de imaginación, se le ha ocurrido, que mi sugerencia de que se buscara una amante ¡ésta debía de ser yo! ¡Yo! ¡Quiere usarme a mí, su paciente, como carnada!*

—*¡Por Dios, mujer! No haga una simple sugerencia, algo tan complicado. Soy un psiquiatra; hijo de un pobre sastre italiano. He vencido humildemente mis pobres comienzos y me he ganado la vida decentemente, ayudando a mis pacientes y a mis padres a hacerle frente a sus vidas.*

—*Todo eso son pamplinas. Se aprovecha de sus pacientes!*

—*No! ¡Soy un profesional dedicado! Los pacientes como usted, agradecidos, regresan a mí, habiendo cometido los mismos errores que les traje-*

ron la primera vez a mi consulta. ¡No soy culpable de que sus fobias, errores o incertidumbres, vuelvan a asediarlos! Simplemente, soy un ciudadano y ¡me gano la vida practicando mi respetable profesión!

—*¿Es decir, que le he pagado sus exorbitantes honorarios estúpidamente y ni siquiera sabe lo que está haciendo ni le importa?*

—*Más o menos lo sé. Facilito que los pacientes "se encuentren" tras meses de hablar de sus problemas y que descubran la causa de los mismos...*

Scarletti está aterrado, pero sigue hablando enredándose más y más.

—*¿Ellos? ¿Sus pacientes?*

—*Por ejemplo, Signorina Lucrezia, usted, neuróticamente continúa en busca de respuestas absolutas e infalibles, como una fórmula, para lograr entender cómo encontrar la felicidad. ¡Es cuestión de suerte! Pero usted se crea un lío infernal hasta que repentinamente encuentra la respuesta a su felicidad completa, ¡en otra relación desastrosa! con el nuevo —aunque igualmente perdido, imperfecto y fracasado sujeto— creyendo que finalmente ha encontrado en éste, a su hombre ideal. No lo encontrará. ¡No existe!*

—*¡Déjese de tratar de sonar como si supiera de qué diablos está hablando! En vez de psiquiatra ahora suena como un oráculo.*

—*Signorina Lucrezia, por favor, soy una víctima del sistema.*

—*¡No! Es evidente que yo soy la única víctima en todo esto y después de escucharlo, lo único que quiero es que me devuelva mi dinero, ¡ladrón! Le he pagado una fortuna y ahora me entero de que no es más que un imbécil, que no tiene ni idea de lo que está haciendo.*

—*Signorina, por favor...*

—*Esos diplomas colgados en la pared con sellos y firmas indescifrables ¡son inservibles, como lo es usted!*

—*¡Estoy desesperado!*

—*¡Suicídese!*

—*Vamos a olvidar su deuda sea lo que sea. Ayúdeme a pensar. Necesito encontrar cómo resolver este lío.*

—*¡No diga una palabra más! Devuélvame hasta el último centavo que le he pagado. Si no lo recibo en tres días, mi abogado, Samuel Silverman, comenzará el proceso de demanda.*

—*¡Por favor! ¡Se lo ruego!*

—*¡Le va a costar su licencia! Tiene tres días.*

Pietro Scarletti no trató de decir nada más. Contempló horrorizado cómo Lucrezia, extraordinariamente furiosa y más bella que nunca, se puso de pie, se apoderó de la pequeña grabadora que él encendía al entrar cada paciente, la puso en su bolsa, y salió de la consulta como alma que lleva el Diablo.

¡La endiablada mujer, tenía en sus manos lo que necesitaba para destruirlo! Él estaba mudo, pálido y contrito, como un perro que había sufrido una paliza por haberse hecho caca en una alfombra carísima. Sabía que tenía que devolverle el dinero que le había cobrado—y ganado—sin el menor esfuerzo, sentado en su cómoda poltrona de piel, tomando inservibles notas de lo que ella le decía y que él tiraba al cesto de los papeles sin revisarlas, tan pronto como ella y los otros pacientes salían de la consulta.

El Dr. Scarletti abrió un compartimento de su biblioteca, tomó una botella de un buen whiskey y un vaso, se sirvió un contundente trago, y se lo bebió como si fuera agua. Entonces, llamó al bufete de su abogado con mano temblorosa.

Dos semanas después, habiendo recibido una devolución cuantiosa del Dr. Scarletti, Lucrezia voló a La India y aterrizó en Mumbay. Tomó un *pedicab*, porque quería asimilarse y sentir en su piel y sus sentidos la inmensa y legendaria ciudad y su palpitar. No quería aislarse en un taxi o limousine, sino empaparse de aquella nueva experiencia que sabía guardaría para el resto de su vida.

El *pedicab*, abierto, tirado por un estudiante, un indio joven, amable, educado y respetuoso, era un medio de transporte cómodo y superior a los atestados ómnibus.

Mientras Lucrezia recorría la ciudad, se sintió totalmente envuelta en los colores brillantes de los *saris* de las hermosas mujeres de intensos y profundos ojos negros; del aroma de los restaurantes, y de la inmensidad de la ciudad, llena de fascinantes seres humanos que parecían despeñarse como ríos, de las boca calles a las plazas, o desprenderse como cientos de pájaros de los ómnibus—llenos hasta los topes—ansiosos de dejar sus nidos y cambiar sus vidas.

Lucrezia, sensitiva y romántica, se sintió fascinada por la ancestral India que fue—e intentaba llegar a conocer—y por la nueva India de hoy.

Ir a los Himalayas, y visitar el retiro del famoso Maharashi Mahesh Yogi en Rishikesh, fascinó a Lucrezia, hambrienta de obtener al menos una visión inicial, un concepto filosófico y espiritual más profundo del mundo y de las fragilidades del ser humano—que reconocía ella no tenía—y de sus consecuencias e influencias en el ser pensante.

El Maharishi era el líder espiritual de millones de creyentes e introdujo el movimiento de meditación trascendental al mundo del Oeste. Entre sus más famosos seguidores estaban *The Beatles* y la renombrada actriz, Mia Farrow.

Lucrezia decidió que mientras recorría este nuevo y fascinante mundo que hasta ahora no había conocido, tomaría un curso en meditación trascendental. Sabía que necesitaba tener paz interior y alcanzar mediante meditación y estudio, un nivel superior de conocimiento y desarrollo espirituales. Sabía que aunque había practicado yoga, estaba a un nivel muy elemental en cuanto a su filosofía y quería desarrollarse y alcanzar un estado mental y un bienestar que no tenía hasta ahora.

Irina, la encantadora y bien informada agente de viajes rusa de Lucrezia, le había reservado ya transporte y vivienda en Dherandun al pie de los Himalayas y cerca del Ganges, el río sagrado de los hindúes. Muchos creyentes hindúes van allí a sumergirse en el Ganges para remover capas de karma. Creen que esta fuerza o energía es generada por las consecuencias de acciones hechas por los seres humanos y determinan su destino en el futuro, ya que creen en la reencarnación del individuo. Lucrezia se sintió transportada a otro mundo fascinante y desconocido, un mundo lleno de paz y tranquilidad.

Irina recomendó que Lucrezia viviera en Dheradun y tomara cursos intensivos en *Iyengar yoga* y en *filosofía yoga* con alguno de los brillantes profesores de esa área que poseían un profundo conocimiento de los más recónditos misterios del espíritu humano.

Durante varios meses Lucrezia se sumergió totalmente en sus estudios y descubrió muchos niveles de sí misma que nunca supo que existían. Inmersa en ese mundo espiritual, se despojó de todas las dudas que anteriormente habían limitado su jornada, hacia el verdadero centro de su ser, y la paz y comprensión de lo que realmente necesitaba, para sentirse completamente satisfecha y poseedora de la ansiada harmonía interior que había perseguido sin conocerse a sí misma.

Al desarrollar nuevas técnicas como pintora, una nueva luz y riqueza de colores la sorprendió dándole a su estilo una nueva dimensión, muy refrescante y palpitante, como si una nueva inocencia vibrara en su expresión artística. Sentía, en silencio, un renacimiento de su técnica y temas.

Cuando los cursos intensivos concluyeron, sintiéndose renovada y en paz, Lucrezia comenzó a explorar las montañas, bosques, ríos y tributarios de la región durante largos caminos. Esos lugares la inspiraron y permearon, con una calma nunca antes sentida. Su proceso de asimilación y crecimiento interior habían comenzado a solidificarse. Era una mujer nueva.

Inesperadamente, un día, a la vuelta de un camino rural, apisonado por el paso y las huellas de miles de caminantes sedientos de encontrar las respuestas a preguntas trascendentales, se encontró con su profesor de Filosofía Yoga. Sanjei, tenía unos 35 años de edad. Era un hombre refinado, de gran sabiduría, capaz de enseñar a sus estudiantes, excepcionalmente, a abrir sus mentes a tan difícil asignatura.

Era además muy atractivo. Sus ojos negros, eran magníficos intensos, reflejando su profundo mundo interior. Tenía el pelo de un negro con reflejos azulados como las plumas de un cuervo. Esta vez, como siempre, usaba una larga túnica blanca, inmaculada, que acentuaba su hermosa piel color canela. Siempre olía a mirto y colonia.

Con su acostumbrada cortesía sin excesos, le preguntó si deseaba compartir con él su almuerzo, preparado por su tía, que él llevaba en una cesta, anidada primorosamente en un mantelillo de hilo. Lucrezia no coqueteó con él como hubiera hecho en su pasado. Le dejó conducir la conversación fascinada por la elocuencia y musical entonación de sus frases, que a ella le sonaban como poesía.

Después de caminar unos minutos, se sentaron en un tronco caído a la vera del camino. Él le confesó entre pausas llenas de increíble humildad, que a veces había deseado viajar a Francia y América, pero le preocupaba y sentía un cierto temor, a perderse en culturas que tenían diferentes valores que aquellos que él atesoraba y practicaba. Se sentía cómodo aquí, en este lugar idílico y hermoso, lejos de ambiciones materiales, donde podía vivir una vida serena, sin las excesivas riquezas que no le interesaban y consideraba sin sentido.

Le confesó sin alardes, que leía y escribía poesía; simples versos en que expresaba sus más íntimos sentimientos. Era su forma de expresión cuando le conmovían la naturaleza que le rodeaba y su propia existencia.

Cuando finalmente abrió la cesta que contenía, el almuerzo: lucía exquisito. Delicadas tazas para el té y platos de fina porcelana contenían un menú apetitoso e invitante: sopa de lentejas y patatas, con un aderezo delicioso; un guiso de quimbombó y tajadas de berenjena, y de plato principal, cordero asado, con guisantes, zanahorias y ruedas de cebolla, en una salsa ligera del color y sabor exótico del azafrán y otras especies. Una variedad de panecillos deliciosos y como postres, tajadas jugosas de mango y yogurt con fresas. Un carafe de té completaba el delicioso y variado almuerzo.

—*¡Esto es una fiesta, Sangei!*

—*Esperaba que tal vez tendría el placer de su compañía, Lucrezia. La he visto salir a esta hora con su caballete y pensé invitarla a almorzar y que no lo considere una imposición de mi parte.*

—*¡Por supuesto que no! Es un verdadero placer. Considero su invitación un honor, Profesor. Muchísimas gracias.*

—*Como el curso ha finalizado, no estoy rompiendo con mi costumbre de no fraternizar con mis estudiantes durante las clases.*

—*Es muy amable de su parte el haberme invitado, Sangei.*

Lucrezia no supo que más decir. Sentía en el pecho el latido de su corazón como el de una gacela asustada de repente, sin saber por qué.

A partir de ese día, sin hacer citas formales, continuaron encontrándose como por casualidad, cuando Lucrezia nerviosa y anticipando el encuentro, salía a pintar el paisaje a veces envuelto en una niebla difícil de captar, y en otras ocasiones, pintaba transparente y cristalinos saltos de agua precipitándose en cataratas verde-azules que a veces, el sol quebraba en arcoíris palpitantes, intensos, trémulos. A veces se adentraban—siguiendo los trinos de diferentes pájaros—en los espesos bosques, que rodean la región. Caminaban cuidadosamente para que sus pisadas no rompieran las caídas ramas, y guardaban silencio, para que sus voces, por leves que fueran, no asustaran a las aves y éstas dejaran de cantar.

En algunas ocasiones iban al pequeño y destartalado *Safrán Café* que servía un delicioso almuerzo vegetariano. Al pasar del tiempo y solidificarse lentamente su amistad, adoptaron la costumbre de cenar en la casa de Sanjei, desde donde se contemplaba el lento correr del río—lleno de eternas promesas—mientras disfrutaban de las deliciosas comidas que Khirina, su fabulosa cocinera, les preparaba.

Los paseos y las cenas ocurrían después de que Lucrezia había dedicado varias horas diariamente a pintar. Sanjei respetaba el tiempo que ella necesitaba para sí misma y para su arte.

Una noche, después de la cena, Sanjei le preguntó si estaba ansiosa por volver a América.

—*La verdad es, que nunca me he sentido tan bien como me he sentido aquí.*

—*¿Tan bien que te quedarías a vivir aquí por el resto de tu vida? No contestes impulsivamente, por favor... Es una pregunta cuya respuesta es muy importante para los dos.*

—*¿Por qué me haces esa pregunta, Sanjei?*

—*Tienes que haberte dado cuenta de que siento algo muy especial por ti.*

—*¿Cuán especial?*

El corazón de Lucrecia palpitaba de alegría pero al mismo tiempo, sentía. ¿Se volvería este momento de intensa felicidad otra experiencia amarga dentro de unas semanas o meses? ¡No se sentía capaz de olvidar y rehacer su vida esta vez!

—*¿Qué soy yo para ti, Sanjei?*

—*Eres una mujer inteligente. Tienes un alma tierna y sensitiva. Quieres encontrar el profundo misterio de la vida. Tu corazón y tu mente están abiertos a otras culturas. Tienes la habilidad de capturar en tus pinturas el aire y espacio, más allá de la mezcla de colores. Eres la mujer que nunca creí que encontraría. Estoy pidiéndote que seas mi esposa si estás enamorada de mí como yo de ti, y sientes por mí algo que no cabe en palabras, por ser tan hondo, tan tierno y apasionado, como lo que siento yo por ti.*

Lucrezia sintió una intensa felicidad llenándole el pecho, como si el suave aletear de docenas de mariposas le estuvieran acariciando el corazón. Nunca se había sentido tan enamorada y al mismo tiempo tan llena de la certeza de sus propios sentimientos y de haber logrado la anhelada paz interior que solo sentía junto a él.

—*Estoy profundamente enamorada de ti, Sanjei. Sé que esta vez no eres un espejismo. Me fascinan tu sensibilidad y tu espíritu, tu maravillosa comprensión y tu inmensa inteligencia... Amo todo lo que eres y quiero ser tu esposa. Sé que te amaré, intensamente, hasta el fin de mis días.*

Dos meses después, en una hermosa ceremonia Hindú con guirnaldas de flores frescas, incienso, platos exquisitos de la cocina de La India, bailes y la música que ella había llegado a disfrutar, se casaron en un atardecer al borde del crepúsculo.

Lucrecia no regresó a América a no ser en algunas visitas con Sanjei. Vivía en una de esas legendarias historias, llenas de hermosas imágenes y amores eternos, que su madre le leía cuando era una niña. La suya era una fascinante y grata existencia, rodeada por árboles centenarios y de la niebla de las mañanas de este lugar idílico que solamente había soñado que existía.

Finalmente había encontrado el amor y el hombre de su vida.

$\mathcal{D}$eborah Thurman, entre tanto, vino a ver a Brandon a la oficina de éste en Bluestone College. Estaba radiante. Se había recogido el pelo, en una forma muy femenina, con un pañuelo de seda que se le posaba en la nuca desnuda, como una mariposa de alas iridiscentes. Tenía los labios pintados y un resplandor de felicidad en las mejillas y las ojeras.

Estaba enamorada, le confesó, de un hombre maravilloso, que había conocido en España durante unas vacaciones. Antonio, su Antonio, añadió como en un sueño, la hacía sentirse por primera vez en toda su vida llena de experiencias amorosas, realmente adorada. Había sólo un problema. La madre de Antonio, era una fanática española más papista que el Papa que nunca aprobaría del hecho de que ella, además de norteamericana era divorciada; dos pecados terribles según doña Martirio.

En consecuencia, Deborah había decidido que tenía que conseguir una anulación de su primer matrimonio para que la aceptara. Antonio se lo había dicho así y había dejado la solución del problema en sus manos. Lo de la nacionalidad, según él no era tan grave.

Brandon, después de hacerle algunas preguntas y conocedor de la inflexibilidad de la Iglesia en estos asuntos, le dijo: "ni modo," como hubiera dicho un mejicano aunque Brandon no lo era.

Deborah, liberada y todo como se sentía, creyó que literalmente se le caía el cielo encima. Pero con su felina sangre de luchadora invencible le preguntó si había alguna alternativa.

Brandon le sugirió diferentes alternativas, todas malas. Repentinamente una idea se abrió paso en su cerebro. La voz de barítono de Brandon se oyó de nuevo con la solución. Habló como lo hubiera hecho Moisés siglos antes a su pueblo, aunque sobre otro tema, mientras en la distancia se oía un trueno prolongado, aterrador, y se abrieran milagrosamente las aguas para dejar pasar a su pueblo. Entonces Brandon le preguntó si doña Martirio pensaba venir a la boda y Deborah le dijo que no, que tenía un problema con el corazón y le tenía terror a los aviones, pero que quería ver los retratos de la ceremonia de la boda.

—*¡Olvídate de lo de la anulación, Deborah! Si la señora es cristiana, lo que la calmará y convencerá de que eres una novia aceptable para su hijo, es que te cases en una Iglesia, no importa realmente de cuál denominación. Trata de hablar con un ministro de la Iglesia Episcopal. Cualquiera que no sea Católico te casa y asunto concluido. Ella no va a reconocer la denominación una vez que ellos estén vestidos para oficiar en la ceremonia y tú tengas tu traje de novia.*

Deborah, consideró la idea de Brandon, genial. No en balde todo el mundo consideraba a Brandon un genio. Admitió que a ella no le importaba un bledo aquello de la ceremonia religiosa ni la denominación de la iglesia en que se casara, pero añadió que doña Martirio, su futura suegra, era dominante y altiva. Lo que sí quería Deborah era que durante la ceremonia le tocaran guitarra y usaran las viejas canciones de Joan Báez y de Judy Collins.

Aliviada por la solución que Brandon le ofrecía, lucía en toda su gloria, enfundada en aquel vestido de lana negra que le sentaba a las mil maravillas, y sus flamantes medias de nylon transparentes con un viso negro provocativo y audaz—Deborah tenía unas piernas fantásticas—ella, resplandeciente, le dio las gracias efusivamente a su consejero, confidente y salvador. Se iba a alejar, cuando él le repitió que se consiguiera una Iglesia de otra denominación que estuviera dispuesta a casarla, y añadió que por su cuenta, él—Brandon hablaba un castellano perfecto—le escribiría a la madre de Antonio, y le hablaría acerca de sus extraordinarias cualidades y principios morales.

Doblemente agradecida, Deborah le dio un beso en la mejilla perfectamente rasurada y olorosa a colonia, le regaló su mejor sonrisa y hasta le dijo, como cualquier hija de vecina, que él, Brandy, era un amor y que ella nunca había entendido por qué diablos se había metido a cura, a lo cual él le contestó un poco ofendido, que él no era simplemente un cura sino un sacerdote con un doctorado y extensos estudios e investigaciones en otras disciplinas. Además, añadió que era parte importante y un pilar de los esfuerzos de justicia social practicada por la tendencia, que dentro de la Iglesia Católica, apoyaba el movimiento de justicia social del respetado movimiento y ejecución de la llamada "teología liberadora," que tanto había hecho en la América Latina.

Cuando dos semanas después Deborah entró de nuevo en la oficina de Brandon, traía las felices noticias. Ella y Antonio se casarían por la Iglesia Episcopal. El Ministro, era un hombre comprensivo y finalmente había consentido en casarlos, más que nada, estaba segura, para quitársela de encima, pues lo había ido a ver diariamente hasta que le dio el sí. Deborah añadió que a ella le parecía totalmente medieval eso de que las mujeres no pudieran traspasar la reja que separaba a los feligreses del altar en la Iglesia Ortodoxa Griega. También había tratado de convencer al de San Nicolás, pero el hombre se resistió como un real mulo ortodoxo.

Ella hubiera estado dispuesta a cerrar los ojos y aceptar aquellas ideas arcaicas si no convencía al de la Episcopal, porque era la única forma de casarse con su adorado Antonio, un verdadero experto en el amor, el vino, los toros y la vida, cosas que su señora mamá, doña Martirio, una madrileña enorme, robusta y obsesa, o ignoraba o pretendía no saber haciéndose de la vista gorda, pues hablaba de él como si fuera San Antonio y no la bala perdida que en realidad era el español de quien Deborah se había enamorado locamente.

Brandon, paternal y generoso, le repitió, para que se fuera y lo dejara tranquilo, que no se preocupara, que la señora vería las fotos y el velo de novia y no se daría cuenta de la diferencia.

Era viernes y Brandon sólo enseñaba ese día una clase. Estaba leyendo en su oficina del College y escuchaba una música hermosa. Inesperadamente oyó una voz temida y levantó la cabeza para ver quién era. Lo menos que quería Brandon esa mañana era tener que soportar la perorata que indudablemente, el recién llegado pensaba arrojarle encima, como una lluvia de granizos. Oyó su voz y se estremeció ante lo inevitable.

—*¿Te interrumpo, Brandon?*

—*Como ves estoy leyendo. Tengo clase en unos minutos. ¿Qué se te ofrece, Marvin?*

A Brandon, su colega Marvin, aquel hombrecillo feo, aburrido, esquelético, de ideas arraigadas y extrañas—y manías irritantes—le ponía los nervios de punta. Tenía ideas irrevocables acerca de todo y se consideraba experto en muchas materias aunque no lo era.

Era un maniático insoportable y un tipo desesperante que tenía un neurótico concepto de la disciplina, transformándola en una obsesión. Le enfurecía que no le limpiaran la oficina diariamente y él mismo cada día, en un ritual innecesario lo hacía, mientras escuchaba su música de campanitas movidas por la brisa, que Brandon detestaba.

Marvin, se levantaba antes del amanecer para meditar y se sumergía después por media hora en una bañera llena de agua helada, mientras que escuchaba la grabación del CD de las detestables campanitas, flautas, y el murmullo de distantes ríos. Usaba el pelo recogido con una liguita, en una estúpida y raquítica colita de caballo, y en la oreja, un aretico ridículo, con el indispensable brillantico. Vivía en una granja en las montañas cercanas. Lo peor no eran ni su obsesión con la limpieza ni lo de las campanitas, sino el hecho de que Marvin, que no tenía talento alguno, se las daba de poeta y se empecinaba en leerle sus poesías a Brandon, que las detestaba y consideraba atroces. Brandon, desesperado, había optado por decirle que no podía darle su juicio crítico porque sencillamente carecía totalmente de objetividad para juzgar la obra de personas conocidas, y le pidió, prácticamente le imploró, que por favor, nunca, bajo ninguna circunstancia, lo pusiera en esa situación. Marvin, amoscado y herido, se quedó mudo y más nunca le enseñó un verso.

La oficina de Marvin, en el College estaba en el mismo edificio que la de Brandon y a sólo dos puertas de la de éste, lo cual Brandon consideraba una verdadera tragedia. Aquel día, sin embargo, decidió que si tenía que aguantar su presencia que tanto le aburría, al menos trataría de que Marvin se uniera al selecto grupo de escogidos a quienes había propuesto que participara en el asunto de invertir en el negocio de su amigo.

Cuando Marvin oyó aquello de que no había que pagar los malditos impuestos y de la enorme ganancia que produciría la inversión, amordazó sus posibles dudas morales acerca de la naturaleza de la misma, y sin ninguna duda le dijo que podía disponer de $6,458.00 que era lo que tenía en su cuenta de ahorros.

Brandon le sonrió por primera vez en su vida, paternal y casi que afectuoso, le sugirió que redondeara la cifra, lo cual éste hizo, y le dijo, amablemente, como pidiendo excusas, que tenía que ser en efectivo, que su amigo no aceptaba cheques de nadie, pero que le daría los documentos de la inversión.

Marvin se sintió importante y honrado por la confianza demostrada por Brandon, a quien admiraba ¡sin saber por qué! Brandon, siempre tan distante y hermético, le había propuesto ser parte de los que formaban el reducido círculo de sus seguidores. Sin una duda, Marvin le dijo que le traería el dinero el próximo día y se retiró a su oficina, sintiéndose en las nubes. Ahora era parte del grupo selecto—uno de los elegidos—parte de la élite de los más respetados, finalmente. Brandon estaría desde ahora, ¡más que nunca, a su alcance!

En su oficina, después de cerrar la puerta, Brandon no podía creer lo que había pasado. Sí, se dijo filosóficamente. Aquel pequeño templo de la docencia que era Bluestone, estaba lleno de personajes extremadamente únicos y sorprendentes. Algunos, no todos, desde luego, parecían salidos de aguafuertes y pasquines satíricos. Brandon, raramente, pensaba en voz alta, hablando consigo mismo, porque no podía decírselo a nadie.

—*¿Serían realmente así o pretendían serlo? ¿Eran realmente tan grotescos, o producto de su imaginación, simples caricaturas y calcomanías esperpénticas de la realidad? ¿Cómo era posible que él, Brandon, ¡un ser totalmente normal y equilibrado! fuera parte de aquel ambiente?*

Esto era algo que se preguntaba de vez en cuando, al alcanzar momentos de increíble y absoluta frustración, o en este caso de grata sorpresa.

Pero eran así, fascinantemente diferentes e individualistas. Alguien, algún geniecillo malvado y desconocido, los seleccionó sacándolos de la nada, de un simple *curriculum vitae* enviado tal vez sin esperanzas, y los agrupó allí—para jugarle una mala pasada a los fundadores de la institución—y para gloria de la docencia y entretenimiento de los estudiantes, que a veces se preguntaban también, de dónde habrían salido.

Brandon suspiró con alivio después de pensar en todo aquello y puso en su estéreo la *Sinfonía Número 6 de Beethoven*, marcó un número de teléfono y pidió que lo comunicaran con el Presidente del banco identificándose como el Reverendo Brandon Van Der Weyden, III, Profesor de Bluestone College y Sacerdote del Arzobispado.

Cuando después de unos breves segundos el Presidente se identificó del otro lado de la línea y le preguntó si era familia del difunto Magistrado Brandon Van Der Weyden, II, Brandon, que detestaba a su padre pero quería sacarle jugo al parentesco, le contestó con un tono de voz que sugería un tinte de orgullo y emoción, que sí, que el Magistrado era su padre.

Su padre, le dijo la voz al extremo de la línea telefónica, había sido un cliente muy apreciado en el banco y un miembro activo de la comunidad y sería un placer el servirle en lo que fuera.

Dos semanas más tarde recibió la confirmación del préstamo solicitado.

Gabrielle Silverman, el único miembro de la facultad por quien Brandon sentía respeto profesional y admiración, era Jefa del Departamento de Drama y Producciones Teatrales. Una tarde, después de terminar sus clases, Brandon se encontró con ella.

Gabrielle tenía el apoyo de un vasto segmento del profesorado porque no sólo era muy respetada intelectualmente sino también muy rebelde y combativa, lo cual, de entrada, la hacía líder de la izquierda y los indecisos, y odiada por los elementos ultraconservadores de la institución. Manejaba los debates y los debatillos que surgían constantemente en las reuniones de la Facultad, según Emma Braun, *por quítame allá estas pajas*, con verdadero acierto y destreza. Brandon cultivaba la amistad de Gabrielle y los dos se sentían diferentes y superiores al resto. Tal vez lo eran en el plano intelectual, pues tenían una cultura que se salía de los límites del campo de sus especialidades académicas.

Gabrielle tenía ese día, un brillo, un algo indefinible en la mirada y en la sonrisa irónica, que anunciaban con cierto orgullo de rebelde sin causa, que había hecho una de las suyas.

Cuando Brandon la invitó a tomarse una taza de té en un cafecito que quedaba a unas pocas cuadras del *College*, Gabrielle le dijo que preferiría un buen scotch, le sugirió un discreto bar del vecindario, y allá se fueron caminando. Cuando llegaron, se sentaron en una mesa apartada y ordenaron sus tragos.

Él, que era un maestro en el arte de enterarse de lo que le interesaba sin preguntar, discretísimo, no le preguntó qué mosca le había picado y la dejó que dijera voluntariamente lo que se traía entre manos.

Gabrielle, sabía que él estaba ejercitando su deporte mental favorito pero le dio gusto porque se sentía feliz y generosa. Por ello, con su inconfundible voz honda, hermosamente modulada y su enunciación perfecta, Gabrielle le dijo entonces con regocijo ante la confesión que iba a hacerle, que ahora sí que la falange de los pocos derechistas que quedaban en Bluestone, iban a desplumarla viva, pero que después de todo ya la Inquisición se lo había hecho a sus antepasados, y que estaba dispuesta a defender, como había hecho siempre, sus famosos principios.

Gabrielle saboreó un trago de su scotch y le dejó caer la inesperada noticia: ella, había decidido dejar a su marido, aquel hombre estable, aburrido y sin imaginación, con el que había perdido los mejores años de su vida.

Esa noche, después de la cena, le comunicaría que quería divorciarse de él porque estaba locamente enamorada de otro hombre. A lo mejor era lo suficientemente considerado y para evitarle malos ratos le daba una embolia y así pasaban por alto la discusión de los *porqués* interminables, dijo Gabrielle, sonriendo y con un rayito de cinismo y esperanza en los ojos negrísimos e intensos.

Brandon, más por decirle algo que porque realmente le interesara mucho nada de aquello, le aconsejó que antes de hacerlo pensara en las consecuencias. Conociéndola como la conocía, añadió en tono adulador, no creía que ella, tan independiente, inteligente y rebelde, pudiera soportar la rutina atroz de esa cosa que es el matrimonio, fuera quien fuera el elegido, una vez que se hubiera liberado del yugo de su primer matrimonio al que se unció cuando era muy joven e inexperta.

—*¿Necesitaba realmente divorciarse? ¿Por qué no mantener a un lado el romance y continuar casada, o simplemente separarse amigablemente y de mutuo acuerdo de su marido y continuar su aventura amorosa, con quien fuera, hasta que se aburriera del amado? Era más romántico así* que eso de casarse y estropear el romance al caer en lo cotidiano y perder de paso parcialmente la vida muelle a que estaba acostumbrada.

Samuel Silverman, el marido de Gabrielle, era un abogado riquísimo, miembro prominente de la firma de abogados Samuel Silverman, Torres y Asociados, que fundara su abuelo hacía años.

—*¿Iba a perder toda aquella comodidad en que vivía?*

Volvió a decirle Brandon que generalmente no se repetía, pero que guiado por su sentido práctico y su amor al dinero y la vida que éste proporcionaba encontraba aquello excesivo.

Ella, con el desprecio por esas cosas insignificantes que tienen sólo los que han tenido dinero en abundancia durante toda su vida, y no han tenido que esforzarse por alcanzar nada, le dijo que estaba decidida y que ya había hablado con un abogado para que la representara. Y entonces después de una breve pausa, le soltó la segunda bombita con su innegable sentido dramático. Gabrielle era una maestra en el uso del tiempo como elemento de la intriga.

—*Lo mejor de todo todavía no se lo había dicho ...*

Y prosiguió a hacerlo después de pedirle al camarero que le trajera un segundo doble scotch. Con aire triunfal, de actriz que pudo serlo y no lo fue, le dijo entonces a Brandon que estaba locamente enamorada de un hombre que los dos conocían.

Brandon subió una ceja como si estuviera seriamente interesado. Inclusive, en su gesto característico de los momentos críticos, puso el codo en la mesa y posó su cara en la palma de la mano en actitud contemplativa, como si su vida dependiera de cada palabra de ella. Por seguirle el juego, aventuró varios nombres, sin dar en el clavo.

Gabrielle, resplandeciente y extasiada, le dijo finalmente el nombre de su amante:

—*¡Maurice Goujon!*

Ahora las dos cejas de Brandon se arquearon como dos gaviotas en vuelo y una sonrisa que denotaba un poquito de asombro y hasta cierto placer, le jugueteó en los labios perfectos.

—*¡Mon chéri! ¡Félicitations!*

Maurice Goujon era, además de divorciado tres veces, director de la Orquesta Sinfónica de la ciudad. Había nacido y crecido en Martinique y emigrado a los Estados Unidos con su familia cuando tenía apenas cinco años. Era un negro alto, de cuerpo espléndido y facciones hermosas y nada corrientes. Brandon le conocía bastante bien porque Brandon y Gabrielle habían trabajado con él en la campaña para recoger fondos para la Sinfónica, una causa que les interesaba a los tres en su amor y verdadera devoción por la música y las artes en general.

Tanto Brandon como Gabrielle sabían que en aquella ciudad conservadora y tradicional donde vivían, nunca ningún matrimonio inter-racial se había consumado entre la *gente bien*. Si llegaba a realizarse, provocaría un escandalillo que en definitiva pondría un poco de sal y pimienta en la monótona placidez bucólica del lugar.

Sin duda alguna, Gabrielle estaba tan enamorada de Maurice, se dijo Brandon, como del revuelo que causaría. Esto, la definiría con rúbrica de oro, líder indiscutible de la extrema izquierda, el ala rebelde de la Facultad, algo que a ella le encantaba y cultivaba como algo muy preciado.

Brandon levantó su vaso y con la más encantadora de las sonrisas brindó por la felicidad y el coraje de la inigualable Gabrielle, que en media hora le había—sin lugar a dudas—sacado de la rutina que permeaba frecuentemente la plácida vida del lugar. Los dos, se sentían divertidos, llenos de verdadera anticipación, imaginando que aquella aventurilla de Gabrielle se comentaría por años, hasta que algo de mayor impacto y consecuencias, la borrara del recuerdo y de los anales del College y de la Ciudad, desvaneciéndola.

Cuando apenas una semana después todo el mundo supo del apasionado y tormentoso romance de Gabrielle Silverman y Murice Goujon, la gente se relamió de gusto y tuvo tema de conversación por un rato, pero no se alteró el ritmo de la vida de nadie. Siguieron tomando té o *cocktails*, ¡y comentando detalles exagerados de los encuentros de los dos amantes!

Las alumnas de la volátil Gabrielle, llenas de admiración, le contaron a sus novios con todo detalle, y por teléfono a sus escandalizados padres, lo que estaba pasando y cuán romántico era todo aquello. El prestigio enorme de Gabrielle, que siempre había sido notable, se remontó a alturas increíbles y realmente extraordinarias.

Al marido de Gabrielle, (tan inteligente y práctico) no le dio una embolia, pero tuvo que contenerse para no retorcerle el cuello a su cultísima y arrogante mujer, y le dijo que se preparara para un largo proceso legal, porque según sus palabras exactas:

—"Él no estaba dispuesto a mantener, a ningún Director de la Sinfónica, por brillante que fuera, siendo además, como era, ¡negro!".

—*Querido sé justo, ¡es guapísimo y adoro su fabuloso perfil y su color canela!*

A Samuel le dolía en el alma, aunque no lo expresaba, la humillación a que lo había sometido aquella mujer vehemente y extremista, con quien se había casado, contra los sabios consejos de su buena madre, que era una mujer intachable y que nunca hubiera considerado siquiera la idea de pegarle los cuernos, y mucho menos con un negro, a su marido, el respetadísimo y consideradísimo Samuel Silverman, II, hijo predilecto de Samuel Silverman I.

$\mathcal{L}$aura Wilcox, de unos 23 años, pelo castaño rojizo, ojos grises con algo de azul, una figura grácil, etérea, es profesora de ballet en el Departamento de Música, como Profesora Adjunta, y a la vez, es parte del elenco de la compañía de ballet de la ciudad.

Laura es una mujer exquisita no sólo en su apariencia exterior sino que tiene, por naturaleza, un espíritu refinado y un corazón de oro. Es alegre, exuberante en cuanto a su pasión por el ballet, de mente ágil, y tiene una actitud positiva ante la vida. Cree en la bondad humana y siente la necesidad de darse en variadas formas: en su devoción a su profesión artística, en su deseo ardiente de iniciar a sus estudiantes en el fino arte del ballet, tanto clásico como moderno y como voluntaria, en su generosa participación en uno de los hospitales de la ciudad.

Tiene una enorme disciplina pero no la impone a nadie. Tiene un carácter flexible y sabe que es algo que se ejercita o no, de acuerdo con la personalidad, las metas, necesidades y aspiraciones de cada ser humano. Maneja, milagrosamente su riguroso y extenso horario de ensayos con la compañía, las dos horas diarias de sus clases en el College, de 8:00 a 10:00 de la mañana, y otras tres horas, de martes a viernes como voluntaria en el *Hospital Infantil de Bluestone,* en el más difícil de los departamentos, ya que trabaja con los pacientes infantiles y adolescentes del pabellón y salas de cáncer.

Laura adora a los niños y les proporciona todo tipo de horas de entretenimiento, que tanto necesitan, pues ha aprendido a trabajar y manipular un número variado de marionetas, creadas por ella, para darles su precioso tiempo y hacerlos reír con sus increíbles aventuras y olvidar así, al menos por un rato, su condición física.

Sus marionetas hablan individualmente con los niños, llamando a cada uno por sus nombres, desde el pequeño escenario que ella les ha construido para darles ánimo y esperanza en su futura cura, ayudándoles a pensar positivamente a algunos y a expresar sus dudas, temores y angustias a otros, en una forma de terapia que ejercita instintivamente guiada por su intuición y sensibilidad, y que expande leyendo artículos médicos en esa especialidad y además consultando el personal del Departamento de Oncología del hospital.

Dedica dos días de la semana a visitar en sus habitaciones a los más debilitados por el tratamiento y les lee de acuerdo con sus edades y gustos, o simplemente se sienta junto a ellos, dejándoles sentir su presencia tan querida y su sincero cariño, pues los ama y los admira inmensamente, en la terrible lucha por su vida que les ha tocado vivir.

Con los adolescentes juega al ajedrez o las cartas o escuchan música juntos. Ahora, para las Navidades ha conseguido que el Director de la compañía de ballet acceda a presentar, durante la tarde del viernes, *The Nutcracker,* en el auditórium del hospital con la participación de todo el elenco, incluyendo a Laura como figura principal.

Así fue como la descubrió Gregory Mansfield, el médico recién llegado al hospital. Al final de la actuación los personajes del ballet, después de recibir el aplauso prolongado y agradecido de familiares, pacientes, médicos y enfermeras del hospital, descendieron del escenario y se mezclaron con el público hablando con ellos—y en ciertos casos—prolongando sus respectivos papeles, al charlar con los pacientes más pequeños, como si en realidad fueran los adorables personajes que representaron en la escena.

Gregory, después de preguntarle a un colega quién era la bailarina, discretamente se las arregló para presentarse a Laura, felicitarla por su exquisita actuación, y darle las gracias por su constante dedicación a los pacientes, de lo cual se había enterado por uno de sus colegas médicos, quien se lo había mencionado al preguntarle Gregory quién era ella—y enterarse de que había sido quien consiguió que la compañía viniera a hacerle aquel hermoso regalo de Navidad a los residentes del hospital.

Él le dijo que acababa de iniciar su práctica, en el Bluestone Hospital y añadió después, que le encantaba la pequeña ciudad porque detestaba las grandes ciudades y amaba la naturaleza y las hermosas montañas que rodeaban la Villa. Le preguntó si a ella le gustaba esquiar y Laura le contestó que también a ella le encantaba ese deporte y lo practicaba con frecuencia. La invitó a ir un fin de semana a esquiar juntos. Laura, que era crédula, pero no tonta, se dijo que Dr. Mansfield no perdía tiempo, pero se sintió alagada. Le explicó sin arrogancia que ella tenía libre solamente los lunes pues el resto de la semana tenía ensayos con la compañía y era el único día en que no enseñaba en el College.

Gregory, acostumbrado a que le aceptaran inmediatamente sus invitaciones, se sorprendió un poquitín pero no lo demostró y hasta le gustó que se iniciara el sublime juego de la conquista de una mujer inteligente, hermosa y sensitiva, que inmediatamente no se le rendía, con el fin de pescarlo.

—*Si el único día que puedes alejarte de la ciudad es los lunes, sabiendo de antemano cuándo desees ir, puedo arreglar mi propio horario para ajustarlo al tuyo. Escoge la fecha conveniente.*

Lo dijo con una naturalidad sin excesos que a ella le agradó y convinieron en que él la llamaría a su apartamento. El jueves sonó el timbre del teléfono en el apartamentito de Laura, alrededor de las 11:00 de la mañana. Era Greg. No mencionó nada acerca de la proyectada excursión a las montañas. Le dijo en cambio que tenía boleto para la función de ballet del sábado por la noche, y que si no tenía un compromiso previo, le gustaría invitarla a cenar después de la función. Laura sintió una leve desazón inexplicable, como un revoloteo de mariposillas en medio de la vibrante mañana llena de sol y respondió a la inesperada invitación, que desde luego estaría encantada de cenar con él.

La producción de El Lago de los Cisnes la noche del sábado fue extraordinaria. Odette fue sublime. Intensa, vulnerable, etérea, apasionada y soñadora, fueron los epítetos de la crítica. Algo exquisitamente humano había permeado la interpretación de Laura, deshumanizándola. Su Odette tocó las fibras más hondas de su público, dejándoles intensamente conmovidos y profundamente fascinados.

Cuando después de su actuación se encontraron en el camerino esa noche, Laura sintió algo que definitivamente era diferente a tantas otras veces en que algún amigo la invitaba a cenar después de la función. Greg estaba hondamente impresionado con la ejecución de Laura en su papel de Odette y ello se tradujo mayormente en el modo en que la miró al entregarle una rara orquídea blanca con el centro de un apasionado color frambuesa, y musitó en un murmullo sincero:

—*Estuviste divina... exquisita, sutil, inasible.*

—*No sé qué decirte...*

—*No es necesario. De veras nunca he visto a nadie interpretar a la vez con tanta sutileza y apasionamiento el papel de Odette.*

Ella supo que no era un elogio vacío. Su actitud carecía de la superficialidad del primer encuentro en el hospital.

—Gracias. ¡Qué orquídea tan hermosa! Y se la prendió en el pecho al borde del escote.

Ninguno de los dos supo qué más añadir y salieron del camerino.

En el restaurante francés, el Maître D´Hôtel los condujo a una mesa arrebujada en un recodo discreto del salón, sobriamente elegante.

Después de un silencio largo, en que ninguno atinaba a decir nada, Greg le confesó que se sentía turbado y que todavía estaba bajo la impresión que le causara su interpretación. Confesó que aunque no era un profundo conocedor de las exquisiteces del ballet clásico, reconocía la belleza en todas sus manifestaciones ya fuera en la naturaleza o en este caso en el espectáculo que había acabado de presenciar y que no era simplemente una ejecución técnica perfecta. Había sido, para él, inolvidable.

En un impulso incontenible le dijo que quería conocerla a fondo, que se sentía fascinado por ella, y se quedó, asombrado de su propia voz y del tono apasionado de la misma.

Laura se sentía turbada y sin saber cómo responder a aquella imprevista confesión que parecía ser sincera aunque sólo habían cruzado unas pocas frases desde que se conocieran. Optó por darle tiempo a que comprendiera lo impulsivo del contenido de sus palabras y le sonrió haciendo un esfuerzo para no dejarse arrastrar por sus propias emociones y emprender con él la desbocada jornada en que se había precipitado Greg, con el desenfreno de un sublime torrente apasionado y ciego, aunque ella misma se sentía atraída por su apasionamiento sin fronteras.

—*Sólo me has visto en la escena. Te ha fascinado Odette. Te han embrujado su encanto y su historia. Creo que te has enamorado de Odette, y no te culpo. Ella es un personaje exquisito. Yo simplemente la interpreté...*

—*¡Maravillosamente! No. Me fascinas tú. El que puedas incorporar en la danza, en forma tan exquisita, todo lo que Odette simboliza y es. El que te desdobles y te conviertas en un sueño, la imagen de la ilusión que todos perseguimos y nunca logramos apresar y poseer.*

—*Te conozco apenas, pero no pensé que fueras un romántico.*

—*Tampoco yo creí que fura posible sentir lo que siento. De repente algo ha ocurrido dentro de mí que me ha transformado. Me asusta sentir lo que siento.*

Sin saber qué contestarle y un poco embarazada por sus palabras, Laura trató de escapar con una respuesta que no la comprometía a nada.

—*Es algo pasajero. Me halaga que mi interpretación te tocara tan hondamente. A eso aspiramos los actores. A conmover y hacer sentir al público que el personaje en la escena realmente existe y que cobre vida ante sus ojos.*

—*¿Te parezco un iluso? Ya sé que sueno como un adolescente. No me reconozco.*

—*No. Estoy tratando de traerte al mundo real que nos rodea. Al mismo tiempo te mentiría si te dijera que no me conmueve el que te haya tocado tan hondamente mi actuación. No sería un ser humano si no lo sintiera así.*

—*Laura, déjame verte a menudo. Déjame conocerte más allá de las tablas y las candilejas y del hospital.*

Laura no atinó a decirle que todo aquello era totalmente inesperado y que no había necesidad de precipitarse. Durante el resto de la noche él se interesó por los planes de la joven *ballerina*, que con toda sinceridad le dijo que su intención era terminar su contrato con el College y con la compañía, e irse a New York y tratar de llegar a ser parte del elenco de la Compañía de Ballet de esa ciudad. Ese era su sueño.

A partir de aquella noche Laura y Greg comenzaron a recorrer lentamente el maravilloso y grato camino del descubrimiento de alguien que nos atrae aunque lo que sentimos no es amor pero a veces intuimos que tal vez hemos encontrado en otro ser humano, un eco único de nuestro propio yo.

Él se acostumbró a ir al teatro varias veces a la semana y después se iban a tomar una cena ligera ya que ella nunca comía antes de la función de ballet y su disciplina le imponía no sobrepasarse en festines frecuentes sino simplemente llevar una dieta sana, calmar su apetito y darse de vez en cuando el placer de una cena exquisita.

Frecuentemente los lunes se iban a las montañas a esquiar después de que él veía a sus pacientes en el hospital temprano. Iban a un sitio hermoso en las montañas cercanas donde había un elegante refugio *rústico-chic* con amplios salones rodeados de ventanales y una inmensa chimenea de piedra en el centro de cada salón para los esquiadores que frecuentaban el lugar. Laura y Greg regresaban a Bluestone después de cenar en uno de los restaurantes que servía una comida estupenda. El restaurante ofrecía durante la cena un programa de música variado que incluía, según la noche, jazz, blues, saxofón, o guitarra clásica.

Laura se fue enamorando de Greg a pesar de sí misma. No fue simplemente porque él fuera extraordinariamente atractivo físicamente aunque en realidad lo era. Fueron su carácter y su forma de tratarla lo que la conquistó en breve tiempo. Había algo en la forma en que le miraba a los ojos, o la forma en que ladeaba un poquitín la cabeza y la escuchaba a veces ensimismado, y en que sus labios dijeran más de lo que las palabras expresaban, como al descuido, y que sin embargo resonaban, en un eco tardío después de que se había ido, como una de esas melodías desconocidas, que recordamos y nos persiguen insistentemente sin molestarnos. Algo grato e inefable.

Greg, por su parte se sentía lleno de sentimientos tan complejos y contradictorios que le sorprendían y en ocasiones le perturbaban. Se preguntaba cómo terminaría aquel apasionado estado de su obsesión con Laura, alguien casi inasible, que se había cruzado en su camino inesperadamente y le fascinaba. Él era un hombre de una disciplina férrea. El fallido matrimonio de sus padres contribuyó a hacerle uno de esos seres que planean cada minuto como si fuera la trayectoria de un bajel en el mapa preconcebido de lo que sería su vida tal y como él la concebía. Siempre se había dicho que escogería una mujer sólida, cuyo interés principal fuera el ser una esposa devota y una madre ejemplar, sin fantasías ni metas fuera del matrimonio. ¿Podría Laura ser esa mujer?

La madre de Greg era inmensamente inteligente e independiente, y con un talento innegable para las finanzas, lo cual le había llevado a ocupar con éxito la presidencia de la compañía que eventualmente había fundado. Tanto Greg como su padre la culpaban del divorcio que ocurrió cuando él tenía solamente 15 años.

Un día, después de haber esquiado por más de tres horas, Laura, que conocía el terreno como la palma de su mano, pues de niña lo frecuentaba, se salió de la zona de las montañas donde siempre acostumbraban a esquiar. Él la siguió y llegaron a un sitio recóndito después de pasar varias señales que identificaban el lugar como propiedad privada y prohibían el traspaso de la misma. La vegetación tupida de abetos y otras variedades de pinos enormes e intocados por las sierras de los taladores, era magnífica. En aquella área virgen y a salvo de los excesos de los aserraderos y empresas de construcción, estaba prohibido cortar árboles o fabricar estructuras de tipo alguno.

Greg se sintió sorprendido de que no lo hubiera llevado allí antes pues ella sabía cuánto atesoraba él la naturaleza, sobre todo si estaba intocada y desierta. Allí reinaba el silencio roto solamente por el canto de diversos pájaros que habitaban el paraje hermoso.

Ella le confesó, un poco turbada, que hasta ahora en que sabía cuánto amaba él realmente los árboles y las montañas, no había sentido el deseo de mostrarle aquel lugar remoto y prohibido, fuera de senderos conocidos, que era propiedad de su abuelo quien quería mantenerlo como un refugio para los venados, pájaros y la fauna del lugar. Hablaban en voz baja no queriendo romper el encanto verde y blanco que les rodeaba. Él le habló de su sueño de comprar en las montañas un refugio así y fabricar allí una casa que no chocara con el ambiente natural usando los materiales que abundaran allí. Le dijo que él realmente no pertenecía en las ciudades ni siquiera pequeñas como lo era Bluestone, sino rodeado del verdor de cientos de árboles y algún arroyuelo de los muchos que había en las montañas.

Laura sintió un cosquilleo en la nuca al oírle hablar con tanta pasión acerca de algo que ella atesoraba, la naturaleza en su más pura forma, y su preocupación ante la progresiva crisis que se avecinaba con los cambios en la temperatura del globo terrestre y la inercia e indiferencia de los gobernantes.

Le dijo que ella compartía sus preocupaciones y sin proponérselo se sumieron en una conversación que poco a poco les fue acercando en un nivel al que antes no habían alcanzado, y sin saberlo cruzaron el umbral mágico que les abrió sus puertas a infinitas posibilidades en aquella relación, incipiente como un riachuelo de impredecible curso, entre las rocas de un paisaje hermoso, rodeados del verdor de los pinos, de una nieve intocada por otro ser humano, y de un cielo increíblemente azul. Allí fue que se besaron por primera vez y dejaron que el silencio fuera más elocuente que las palabras, que no podrían nunca expresar la intensidad de los sentimientos que les envolvían, en medio de aquel lugar extraordinariamente hermoso y único.

El martes por la noche Greg fue al teatro donde la compañía presentaba el ballet de Balanchine, *Joyas*. Laura tenía el papel principal en *Rubíes* y relumbró con la pasión que esa joya encierra.

Después de la función y la recepción que le siguió para celebrar la nueva producción, Greg y Laura se marcharon. La llevó a un restaurante nuevo para celebrar su éxito. Laura estaba radiante y excitada pues estaba muy satisfecha con su interpretación. Pero él sentía que su entusiasmo tenía otro motivo. Él estaba más callado que de costumbre y la escuchaba sin interrumpirla. Entonces, ella le dijo que había recibido esa tarde una llamada de su agente en Nueva York. Le habían ofrecido el papel estelar en Copelia y ella lo había aceptado.

—*Será para la próxima temporada. Puedo cumplir con mi contrato con el College y con la compañía antes de irme en junio para New York, a participar en los ensayos.*

—*¿Has pensado en mí o se te olvidó?*

—*¡Greg! ¡Cómo puedes pensar semejante cosa! ¿No te alegras de esta oportunidad fantástica que se me presenta? No estaremos tan lejos. Podemos vernos los fines de semana...*

—*No te importa. Realmente ni te pasó por la mente.*

—*¡Sí me pasó por la mente! Pero yo no te he negado nunca que mi sueño es formar parte de una compañía mayor, con un elenco más variado y un repertorio amplio que mezcle ballet clásico y moderno. ¡Quiero crearme horizontes nuevos! ¡Dejar mi huella! ¡Ser!*

—*¿Qué sientes por mí realmente, Laura?*

—Me he ido enamorando de ti. Me atraen tu personalidad, tu sensibilidad, tu inteligencia, tu dedicación a tus pacientes y a tus investigaciones.

—Pero aceptas sin una duda el irte a vivir a otra ciudad.

—New York está sólo a dos horas y media de Bluestone, con todas las posibilidades y oportunidades que no existen aquí.

—Pensé que te sentías bien aquí, que la naturaleza que nos rodea era parte esencial de ti. ¿Me equivoqué?

—Una cosa no excluye la otra. Amo y atesoro la naturaleza, pero el ballet es mi vida. Es más que una profesión. Empecé a bailar cuando tenía tres años...

—¿No has pensado nunca en casarte, en tener una familia?

—¡Claro que sí! Más tarde. Los años que una ballerina tiene para alcanzar su máxima capacidad, son muy limitados.

—En otras palabras, tu carrera artística está por encima de todo.

—Estás siendo muy injusto. Tú tienes una profesión que puedes ejercer en el sitio que escojas. La mía, requiere que yo pertenezca a una compañía establecida, reconocida y con reputación.

—Te oigo hablar y revivo las discusiones entre mis padres. Yo pensaba pedirte esta noche que te casaras conmigo. Ayer, en las montañas me dijiste que me amabas y yo te creí.

—Greg, tú me conociste en el papel de Odette y te fascinó la forma en que la interpreté.

—Odette es un sueño, una ilusión. ¿Cuándo vas a aprender a vivir en el mundo real?

—¡Pero te enamoraste de ella! ¿Qué es real? ¿Es tu mundo más real que el mío?

—La realidad es que vivo confrontando la muerte a cada paso.

—Yo vivo confrontando la vida, la ilusión y a veces también la muerte de mis propios pacientes. No olvides que confronto la muerte de ellos en el hospital también.

—¿Has encontrado la solución a preguntas eternas en tu búsqueda?

—No importa cuán intensa tu búsqueda es, no es superior a la mía! Nos movemos en diferentes esferas. Pero veo que tú nunca aceptarás lo que *soy, ni tomarás en serio mi arte. Lo siento. ¡Mi ambición es tan importante como la tuya! No lo comprendes porque yo trato de aliviar el miedo y la desesperanza de mis enfermos en otro nivel que el tuyo.*

—*Ninguno de nosotros puede cambiar. Somos lo que somos.*

—*Nos habitan angustias, metas y sueños diferentes, Greg.*

—*¿Y entonces?*

—*Sigue tu camino, que es noble y útil. Yo tengo que seguir el mío.*

—*Eso suena muy definitivo.*

—*Es muy definitivo.*

Se separaron sintiendo cada uno que estaba perdiendo, más aún, amputando, un pedazo esencial de su ser, un hermoso girón de sus sueños, una parte irremplazable de sí mismos.

Ella se dijo, con los ojos nublados, que la vida es, esa cosa indefiniblemente etérea e insoluble, que nos presenta alternativas de extraordinarias implicaciones que alterarán nuestras vidas hasta el final.

Cuando salieron del restaurante, la noche estaba tibia, con estrellas que se desleían imperturbables en un azul distante.

No volvieron a verse aunque los dos lo deseaban ardientemente.

La nieve, como un embozo hermoso, llenó los valles y envolvió la cumbre inconquistable de picos extraordinarios en la hermosa, inalterable paz de las montañas.

Un día brotaron—tiernos, indefensos, hermosos—los ateridos *crócuses,* narcisos, cetas y brotes tímidos—al pie de los enormes árboles, y llegó la primavera.

El verano regresó y con él las lluvias y el verdor reluciente y el esplendor de largos días, y así, la marcha del tiempo siguió inexorable. Los ríos y sus riachuelos continuaron deslizándose hacia el mar.

Llegó el otoño y cubrió de oro, fresa, ocre y canela los árboles soberbios aún, mientras se desnudaban de sus hojas que caían a la tierra aterida y solitaria.

El invierno les encontró vacíos de follaje, y finalmente les dejó resquebrajados por el frío, y el peso de sus heladas ramas, confrontar la ventisca de largos meses sin alivio, tiritando, hasta que la nueva primavera les llenó de trinos, verdores y promesas de nidos.

La vida continuó deslizándose suave o abruptamente, caprichosa aunque inexorablemente, en una marcha eterna.

*I*sabella tenía que enseñar un curso avanzado a estudiantes del último año de la escuela graduada. Una noche, al final de la clase, se le acercó a la mesa uno de los alumnos. Era un estudiante brillante, de unos 30 y tantos años, que estaba terminando su Maestría. A ella le extrañó que viniera a hablarle porque era muy reservado y se mantenía alejado en su propio mundo.

Cuando Lin Tuh le preguntó si podía invitarla a tomarse una taza de té o una copa de vino, y conversar, Isabella se sorprendió un poco, viniendo de él la invitación así, sin ningún preámbulo. Aceptó la invitación porque no se le ocurrió hacer otra cosa ni había razón para rechazarla. No quería ser descortés con un buen alumno, que además era muy correcto.

Lin Tuh, le preguntó si quería caminar hasta *The Blue Moon*, o si prefería ir a otro lugar en coche. Ella aceptó la invitación a *The Blue Moon,* pues tenía un ambiente muy grato, estaba a sólo tres cuadras y la noche estaba hermosa.

Isabella pidió un vaso de vino blanco y Lin Tuh otro. Entonces él le habló en su forma directa pero sin arrogancia alguna. Le dijo que había disfrutado mucho de sus clases, que hacía tiempo que quería invitarla tal vez a cenar porque le agradaba la compañía de una mujer inteligente como ella y le gustaría llegar a conocerla fuera del ambiente académico y tal vez cultivar así su amistad.

Isabella le dio las gracias, y él se apresuró a decirle que esperaba que ella no considerara fuera de lugar su invitación, por ser un alumno suyo.

—*No, Lin Tuh. En otras ocasiones algunos estudiantes han hecho lo mismo. Es una forma amble de entablar una relación humana.*

Él le dijo entonces que tenía 33 años, era eurasiano, nacido en Vietnam, aunque hacía años que vivía en los Estados Unidos con sus padres y una hermana, y que la familia había logrado escapar al final de la guerra, cuando cayó Saigón.

Ella le preguntó con genuino interés cómo habían salido de Vietnam. Él le contó, que su padre y su madre eran profesores universitarios en Vietnam. Su padre enseñaba filosofía y religiones orientales, y su madre, que era francesa y había venido por un semestre a enseñar, después de casarse allí con su padre permaneció en Saigón donde enseñaba literatura francesa.

El nuevo régimen efectuaría cambios dramáticos y sus padres, que eran liberales, no tendrían la libertad académica de la cual habían disfrutado. Les preocupaba la vida que el nuevo sistema de gobierno le impondría a los ciudadanos y el impacto negativo en la educación de sus hijos. Por ello decidieron marcharse.

Al escapar de Saigón, perdieron de repente su identidad, las ventajas de sus profesiones, sus raíces y sus tradiciones. Otra pérdida penosa fue la vieja casona de sus abuelos, tan amada y hermosa, con la biblioteca y manuscritos que sus padres atesoraban y el intenso verdor de los jardines que les rodeaba.

Isabella y Lin Tuh pasaron un breve tiempo conversando de diferentes cosas y rompiendo la barrera que hasta ahora había permeado su relación en clase.

Cuando se separaron esa noche, deseando que el tiempo no hubiera pasado tan rápidamente, era ya tarde en la noche. Por el momento, no podían continuar disfrutando de lo que podría llegar a ser una grata amistad, siendo ella su profesora, por el conflicto de ética profesional que estaba envuelto en ello. Pero cada uno, sin expresarlo en palabras, dejó abierta en su mente la posibilidad de que en el futuro no muy lejano, cuando el semestre terminara y ya él no fuera su alumno, seguirían tal vez descubriéndose uno al otro.

Mientras guiaba el coche camino de su casa, Isabella pensó en lo inesperado de aquella noche que le había dejado una sensación muy grata, y supo que esperaría con cierta anticipación, a que terminara el semestre.

Isabella estaba una tarde subida en su escalera, meses después, quitando el empapelado de las paredes de la cocina, cuando sonó el timbre del teléfono. Una voz inconfundible, se oyó del otro lado. Era, Lin Tuh. Le dijo que ya había terminado todos los cursos de su Maestría. Ella le preguntó qué tesis había escogido, y él le contestó con un nombre largo e indescifrable para alguien que no entendiera el argot técnico de la misma, pero que ella saboreó admirada de las dificultades del tema y se sintió aliviada al oír el nombre del profesor que le dirigiría en el logro de la misma y que él había escogido para evitar todo conflicto de intereses entre sus estudios y su vida privada. Ninguno de los dos mencionó que estaban libres para iniciar su amistad, pero ambos lo estaban pensando.

Entonces Lin Tuh le preguntó si deseaba acompañarlo para celebrar la nueva etapa de sus estudios, y ella, sin un segundo de duda, le dijo que sí. Él le propuso ir a comer a un restaurante y después, irse a escuchar un concierto. ¿Le gustaba la música clásica? ¡Le encantaba! fue la respuesta de Isabella.

Lin Tuh le preguntó si tenía una preferencia en cuanto al tipo de comida que quería disfrutar y ella le dijo que él escogiera. La llevó a un restaurante vietnamés, pequeñito e íntimo y decorado con muy buen gusto. Se sentaron en una mesa apartada junto a un ventanal que daba a un patio interior con senderos bordeados de piedra y canteros de azalea.

La comida y la música de fondo fueron exquisitas. Sin analizar por qué lo estaba diciendo, Isabella le pidió que le contara las experiencias de su vida en los Estados Unidos.

Él le dijo, que los primeros años de exiliados fueron muy duros para la familia. Habían llegado a los Estados Unidos cuando ya todas las universidades habían contratado a los profesores y sus padres no pudieron encontrar trabajo en su profesión.

Trabajaron en lo que encontraban, su padre, desde lavar platos o ventanas de los rascacielos, hasta trabajar en un *"grocery"* de productos vietnameses; en el caso de su madre, diseñando y cociendo en un taller de *haute couture* de una firma francesa muy exclusiva, en su sucursal de la ciudad de New York.

Eventualmente, sus padres consiguieron trabajo como profesores universitarios en sus respectivos campos de especialización.

—*Esta vez, no quiero darte nuestra historia, que es como la de la mayoría de los inmigrantes, ni imponerte mi amistad porque siendo tu ex alumno lo consideres una obligación, siendo como eres, tan amable. ¿Te importa que te tutee?*

—*¡No! ¡Hazlo, por favor!*

—*Has sido siempre tan amable con tus estudiantes. A mí me encantaría llegar a conocerte fuera del aula. Pero solamente si tú también desearas llegar a conocerme a mí. Ya sé que ésta es una pregunta ... hecha antes de tiempo... y demasiado directa...*

—*No lo es. Por alguna razón, me siento sorprendentemente cómoda contigo a pesar de haberte conocido tan brevemente.*

—*Tal vez por la realidad de lo que he visto desde muy temprano, no me siento cómodo dependiendo del azar. Prefiero saber si existe la posibilidad de que seamos amigos. No tengo muchos.*

—*¿No crees en el azar?*

—*Creo que a veces tiene un papel en nuestras vidas. Pero pienso que al menos una porción fundamental de lo que somos, es el resultado de las decisiones importantes que tomamos.*

Y así siguieron conversando y expresando sus puntos de vista en una multitud de temas.

Cuando terminaron de cenar se fueron al teatro donde tendría lugar el concierto. Isabella le preguntó qué iban a escuchar. Él tomó los dos programas que les correspondían y le contestó que oirían el *Terceto para Piano, Violín y Violonchelo de Mendelson*. Le pidió que lo disculpara porque tenía que ausentarse brevemente y después de acompañarla hasta su butaca en un palco, se alejó por una de las puertas laterales. Ella se dio cuenta entonces, de que inadvertidamente, él se había llevado los dos programas.

No habían pasado cinco minutos cuando se apagaron las luces de la sala y se abrió la cortina. Tres músicos, uno de ellos Lin Tuh, salieron al escenario y tomaron asiento. Lin Tuh, la miró, e inclinó levemente la cabeza en un saludo casi imperceptible. Un hondo silencio se posesionó de la sala y finalmente la música invadió la sala de conciertos. Isabella, se sintió invadida de una grata sorpresa.

Cuando el programa de la noche concluyó y finalmente se apagó la ovación con que el público expresó su aprobación y deleite a los músicos, los ocupantes de las butacas abandonaron al fin la sala. Lin Tuh se acercó a Isabella con una suave sonrisa en los labios. Ella, apenas acertó a decirle que estaba profundamente conmovida por aquella interpretación fantástica de sus acompañantes y de él.

Salieron de la sala de conciertos. Ninguno de los dos sintió la necesidad de hablar. Lin Tuh valoró el silencio lleno de emoción de ella. Sabía que le había tocado el alma a la mujer que caminaba junto a él, en medio de la noche, pero se preguntaba si lo que él sentía por ella, hondo y único, tenía eco en Isabella.

Aquel fue el principio de una hermosa amistad entre los dos. Una época de descubrimiento y sorpresas inesperadas.

Lin Tuh, poco a poco, cuando venía al caso, le fue contando momentos de lo vivido. Le contó, que a veces soñaba que aún estaban atravesando durante su huida, pueblitos desiertos y campos de arroz, y otras veces bordeando la selva bajo lluvias torrenciales. Recordaba que finalmente llegaron a un lejano puerto y salieron en una barcaza que milagrosamente los llevó a una costa lejana cuyo nombre nunca pudo memorizar.

En otras ocasiones, Isabella le escuchaba entretejer el pasado con su presente. Una tarde, fascinada por su sensibilidad artística, le preguntó cuándo decidió dedicarse a estudiar el violín seriamente.

—*¡Desde siempre! Mi madre notó que me fascinaba desde pequeñito oírla tocar su violín. ¡Ella es una violinista exquisita! Me quedaba calladito, preso en el encanto de la música y ella comenzó a enseñarme a tocar.*

—*No pudiste traerlo contigo. Tiene que haber sido terrible.*

—*Lo fue. ¡Pero tenía tanto miedo a quedarnos allá! ¡Muchos no lograron huir! ¡Lo importante era escapar! Mis padres fueron increíbles. ¿Te gustaría conocerlos?*

—*Por supuesto, Lin Tuh. ¡Me encantaría!*

—*Son mi orgullo. Son...*

Lin Tuh no pudo hablar, ahogado de emoción.

—*Con la ayuda de mi tío, que nos reclamó, logramos ser admitidos en Francia. Mi tío, que vivía allí, desde hacía años y tenía un restaurante pequeño pero con una buena clientela, me tenía la sorpresa de mi vida! ¡Un violín!*

Lin Tuh continuaba invitándola a cenar con él, en diferentes restaurantes, y después se iban a los conciertos de la Filarmónica en que él participaba o con el conjunto de Música de cámara o al teatro. De vez en cuando se iban a esquiar en viajes cortos a las montañas cercanas, y pasaban el día sorteando los obstáculos con una alegría sana, sintiéndose libres como pájaros esquiando ladera abajo. Él era un esquiador experimentado y tenía unas piernas fuertes y un cuerpo elástico de animal sano.

Ella se sentía profundamente fascinada y atraída por su personalidad, sus exquisiteces, su creatividad, y su callada pero sincera actitud ante ella y ante la vida en general. Aunque Lin Tuh era gallardo, no eran simplemente sus hermosos rasgos físicos ni sus ojos negros, profundos y ovalados lo que la habían cautivado aprisionándola en una red indescriptible y única de encanto. Eran, la suma de todo eso y sus silencios cargados de emoción, su delicadeza genuina, su sinceridad, su falta de arrogancia y su inmensa sensibilidad y comprensión, lo que constantemente la iban cautivando. Lin Tuh, era como un bosquecillo bañado de luz y sombras, que invitaba a caminar por sus veredas.

Estaba enamorada y convencida de que no había sido inútil su búsqueda de años en espera del amor verdadero y único con que soñara cuando era una adolescente. Lo había encontrado en él. Sentía una enorme ternura por el alma sensitiva de Lin Tuh, y por la mirada de sus ojos oblicuos, del color de un ónix puro, que reflejaban la noche y la presencia de una luna pequeñita y lejana como un sueño, en el negror de sus pupilas. Isabella se sentía, por primera vez, única, teniendo la irrevocable y sutil certeza de su amor.

Una noche él vino a buscarla como otras tantas noches durante los dos meses que su amistad había durado. Salieron, conversaron durante la cena y se fueron a la sala de conciertos, sedientos de verterse y escuchar la música que el uno interpretaba y la otra absorbía, dejándola que les inundara, como un río límpido, caudaloso, impetuoso y único.

Isabella se sintió, por primera vez en su vida, transida de amor y rendida ante la música que escuchaba en toda su intensidad, dentro de sí misma.

Esa noche Lin Tuh interpretó, como solista, el *Concierto para Violín en Sol Menor, Opus 26, de Max Bruch.* Hizo de esta pieza una interpretación magistral y llena de pasión, vertiéndose totalmente en su ejecución. Cuando la última nota se escuchó en la sala de conciertos, el conmovido público irrumpió en una ovación prolongada que duró más de cinco minutos. Al final de la noche, cuando se encontraron, él vio en los ojos cuajados de lágrimas de ella, el amor con que él también había soñado por una eternidad.

Nunca tuvo dudas. Supo desde los primeros encuentros que Isabella era todo lo que había soñado. Tenía una gracia, una dulzura e inteligencia, un dejarse llevar y una sensibilidad, que lo cautivaban. Se besaron

90

apasionadamente por la primera vez allí en la sala vacía en que se encontraban. Sintieron, aunque no lograron expresarlo en palabras, que la larga búsqueda que ambos habían emprendido, había valido la pena. Habían encontrado el uno en el otro, lo que muchos anhelan pero pocos encuentran: el verdadero amor.

Salieron a la calle y caminaron en silencio sin decir nada superfluo o repetido por siglos entre los amantes, hasta un lugar escondido detrás de una escalerilla que salía al encuentro del caminante, inesperadamente, de la acera, y entraron en el sótano que servía de piano-bar, en un lugar pequeño y sin nombre reconocido, donde algunos de los músicos de la Filarmónica se refugiaban después de los conciertos a escuchar a *Los Gatos Pelados*. Éste era un grupo nuevo, desconocido por la crítica —que hace y deshace carreras— pero conocido entre los músicos de la Sinfónica y los amantes del *jazz* y los *blues*.

Los Gatos interpretaban esas melodías con una ejecución formidable que servía de fondo a la voz fantástica de una cantante negra, joven, desconocida aún, que cantaba con honda intensidad y sentimiento.

Isabella y Lin Tuh se sentaron en una mesa alejada y comenzaron a decirse cómo se amaban y desde cuándo, dejando que reinaran, sin intención, largas pausas cargadas de emoción.

Esa noche no había mucha gente en el salón. No prestaron atención a cinco o seis hombres de aspecto maleante y hechura nada convencional, que se sentaron en una mesa cercana a la de ellos.

Al cabo de un rato uno de los personajes, comenzó a tirarle indirectas muy directas a Lin Tuh. Le preguntó desde la otra mesa qué hacía allí, vestido de monito de circo, con corbatita y todo, en aquel lugar zarrapastroso.

Al principio, inmersos como estaban en lo que sentían, ni Isabella ni Lin Tuh se dieron cuenta de que el energúmeno aquel se estaba dirigiendo a él, pero entonces el hombre de la cabeza rapada y el *jacket* de cuero triturado y desgastado por el tiempo y la lluvia, le dijo, con un vozarrón más que natural, ensayado en noches de alcohol, guapetonerías y drogas, que no le gustaban los chinos que sacaban a darse tragos a las mujeres blancas y contundentes como aquella, a tomar lo que fuera y donde fuera.

Cuando finalmente Lin Tuh se dio cuenta de que le hablaba a él, trató de ignorarlo. Pero el hombre insistía, persistente y molesto como una mosca dándole vueltas a un vaso de cerveza.

El guapetón vino a la mesa que ocupaban Isabella y Lin Tuh, y siguió desbarrando como un verdadero bestia, saturado de alcohol. Lin Tuh le preguntó si estaba hablándole a él o a la pared. El hombre, borracho e insolente, le dijo que sin dudas de ninguna clase, le hablaba a él, y repitió lo de chinito. Lin Tuh le contestó que no era chino sino vietnamés y el otro le dijo que a un hermano suyo lo habían matado en Vietnam, y que a él todavía le dolía aquello y odiaba a todos los vietnameses.

Lin Tuh, muy correcto, le dijo que lo sentía de veras, y al mismo tiempo se dijo que aquel pobre hombre no era más que un idiota, un borracho estúpido y trató de ignorarlo. El otro, se acercó a la mesa de Lin Tuh, le puso una mano a Isabella en el hombro y le dijo a ella que lo acompañara, que quería invitarla a darse un gustazo con él, para que viera lo que era estar con un verdadero hombre y no con un monito.

El puño de Lin Tuh se encajó en la mandíbula del otro como una maldición. El hombre cayó como un tronco sin raíces en el parqué brillante del suelo.

La obscuridad se llenó del relampaguear de los cuchillos de sus acompañantes, y poco a poco, asombrado, Lin Tuh cayó, herido, al piso. Una oleada de sensaciones extrañas le invadió. No lograba comprender totalmente lo que había ocurrido ni lo que estaba sintiendo.

Inesperadamente, como si una fuerza extraña lo impulsara hacia el pasado empujándolo violentamente, se vio niño y tierno en el jardín que dejara detrás hacía años, alegre, corriendo por las sendas rodeadas de peonías y flores que nunca más había vuelto a ver.

Oyó su violín en la noche. La música se iba alejando y acercando incomprensiblemente, distorsionada, en medio de voces y gritos. Oía notas agudas y estridentes, que se alejaban y se acercaban angustiosamente, ensordeciéndolo. ¿Era Isabella la que lo llamaba desesperada y contrita? ¿O era la abuelita, la de las manos de seda y la túnica verde jade, buscándolo junto al estanque mientras que él persistía en jugar a los escondidos, en aquel lugar cada vez más remoto, que se alejaba vertiginosamente hacia una bruma gris que se fue haciendo negra y fría? Lin Tuh sintió que un frío creciente como una ola inmensa y negra le iba inundando.

Alguien había llamado una ambulancia mientras que Isabella le llamaba a él desesperadamente, y le decía que no podía vivir sin él, que nada, hasta que lo encontró, valía la pena, que lo amaba con toda el alma, que lo adoraba, que no podía morirse, que lo amaría siempre, siempre, siemp... El frío y la noche se tendieron sobre él y ya no oyó nada más.

Aterrorizada, Isabella lo vio desvanecerse totalmente y trató de rescatarlo de la nada en que caía vertiginosamente ante los ojos de ella y de los músicos que se habían acercado desconcertados, mientras que ella seguía tratando de protegerlo, de refugiarlo en la tibieza de sus brazos, inútilmente.

Alguien, uno de los músicos de la Sinfónica que estaba allí con su novia, se acercó a Isabella y trató de apartarla del cuerpo inerte y ensangrentado de Lin Tuh; pero ella seguía acunándolo contra su pecho, transida del dolor de verlo terriblemente pálido y mudo, horrorizada ante la idea de que estaba muriéndosele entre los brazos sin que ella pudiera hacer nada para impedirlo.

Cuando la ambulancia llegó, unos cinco minutos habían transcurrido. Lin Tuh estaba inconsciente y ensangrentado en los brazos de Isabella, que repentinamente, aterrada, había dejado de llorar o de decir nada y continuaba acunándolo contra su pecho, maternalmente.

Al ver el estado crítico de Lin Tuh, mientras un paramédico y su asistente le daban los primeros auxilios al herido, tratando de contener la pérdida de sangre que estaba teniendo por sus múltiples heridas, y aplicándole oxígeno y sueros intravenosos, el otro paramédico de la ambulancia llamó al hospital e informó al cirujano de guardia que el herido necesitaba ser llevado a un hospital que tuviera una unidad para casos en estado de trauma, y le envió la gráfica del electrocardiograma, usando el equipo que tenían disponible a ese fin, para que el cirujano, desde el hospital, siguiera el caso y ordenara el tratamiento aconsejable sin pérdida de tiempo.

Inmediatamente, al ver el resultado inicial del electrocardiograma y las diferentes pruebas a que lo estaban sometiendo, el cirujano decidió que el herido fuera inmediatamente llevado en helicóptero al hospital que tenía esa unidad especial en la ciudad más cercana, Montpelier, la capital del Estado, que estaba muy cerca, pues en el de Bluestone, no tenían el equipo necesario para casos tan graves. Isabella pidió que la dejaran acompañar al herido y debido a la gravedad del caso le concedieron que viajara con él.

El helicóptero les recogió y se elevó en la noche llevando su preciosa carga. Habían transcurrido unos minutos eternos desde que cayera herido por las cuchilladas de sus atacantes. Un hombre lleno de sueños apenas media hora antes se debatía ahora entre la vida y la muerte, mientras que los agresores se habían perdido, en las esquinas de una tortuosa callejuela, vociferando improperios, rodeados de la complicidad de la noche.

Lin Tuh llevaba ya una semana al borde de la muerte. Isabella no se separó de su lecho durante ese tiempo. Tiempo de angustia y de desesperanza, pero también un tiempo de afirmación acerca de la hondura de sus sentimientos hacia él, de reflexión y de breves rayos de esperanza basados en su necesidad de creer que se salvaría, pero que sin embargo se esfumaban cuando la fiebre persistía y Lin Tuh permanecía sumido en su estado comatoso. Isabella no se atrevía a ausentarse por horas de su lado y se dormía allí, junto al lecho del herido, temiendo lo peor. Lentamente, la fiebre fue disminuyendo y el herido parecía respirar mejor aunque seguía conectado a un ventilador, que le ayudaba a respirar y a mantenerse vivo.

Una tarde, al octavo día, el médico, cautelosamente expresó por primera vez la posibilidad de que el herido se salvara. Tenía una constitución fuerte y estaba luchando por salvarse con cada fibra y cada víscera de su cuerpo. El hecho de que estaba vivo, era en sí mismo motivo de esperanza. Esa noche Isabella se fue al hotel donde se hospedaba, a instancias de Camille, la madre de Lin Tuh, que veía lo agotada que estaban la muchacha y el padre de Lin Tuh, y había decidido pasar ella sola la noche velando a su hijo.

Al otro día Isabella volvió al hospital y le pidió a Camille, que se fuera ella ahora a descansar y a dormir un rato. Isabella se acercó al lecho de Lin Tuh cuando estuvo sola con él, y le murmuró como hacía siempre que estaban solos, suavemente, tiernamente al oído, que lo quería mucho, que tenía que ponerse bien, que ella no podía vivir sin él después de amarlo tanto, que extrañaba su música, su sonrisa y su presencia, y continuó murmurándole al oído todo lo que le venía a los labios.

Isabella no vio que Lin Tuh había abierto los ojos y que estaba escuchándola y que poco a poco una leve sonrisa se le había dibujado en los labios pálidos.

Lentamente, él logro mover el brazo que tenía libre y posó su mano en la cabeza de Isabella. Ella sintió aquel roce suave y levantó la cabeza mirándolo por fin.

Lin Tuh no dijo nada. No podía porque le habían hecho una traqueotomía y no podía hablar. Isabella se quedó mirándolo callada pero llena de una inmensa alegría, aunque de repente no sabía qué decirle. No quería demostrarle el asombro y las intensas emociones que sentía ante el milagro de sus ojos abiertos, pero ahora fue ella la que le acarició suavemente el pelo desordenado y negrísimo. Sabía cuán débil y vulnerable estaba él, y no quería perturbarlo ni provocar una reacción extrema en el herido.

Oprimió el timbre que llamaba a la estación de la enfermera y esperó a que ésta entrara. La enfermera, al verlo con los ojos abiertos, se le acercó y le habló suavemente a Lin Tuh. Le dijo que estaba en el hospital, que se sentiría un poco incómodo con aquel tubo que le impedía hablar por el momento, pero que estaba mucho mejor y que ella iba a llamar al médico de guardia y al cirujano para que lo reconocieran, y que muy pronto tal vez le podrían quitar aquel tubo para que pudiera hablar.

Él cerró los ojos brevemente para demostrarle que la entendía y de nuevo una sonrisa casi imperceptible se le posó en los labios al mirar a Isabella, como diciéndole que no se preocupara, que él saldría de aquello como había salido antes de tantos momentos difíciles.

Isabella supo con absoluta certeza que Lin Tuh se recuperaría y una inmensa gratitud ante la certeza de que él viviría la colmó.

Suavemente, recuperada del choque emocional que le produjo el verlo regresar lentamente a la vida, le dijo de nuevo que lo amaba con toda el alma, que quería pasar con él el resto de su vida.

Él, movió imperceptiblemente la cabeza asintiendo, abandonó su mano en la de ella y se quedó plácidamente dormido sabiéndola cerca y suya para siempre.

Una tarde, al llegar a su apartamento, Brandon encontró en la casilla de su correspondencia una carta que le llenó de una grata sorpresa y anticipación. Subió a su piso, puso el *Concierto Número 23 de Mozart*, se sirvió una copa de uno de sus vinos favoritos y se sentó junto al ventanal que se abría al hermoso parque frente al cual vivía, a leer la carta de Lawrence Hitchcock, el único ser humano a quien consideraba un verdadero amigo y a su propio nivel intelectualmente.

En la carta, Larry le decía que estaba lleno de sentimientos contradictorios. Por una parte la vida sin horarios de que estaba disfrutando le permitía no hacer nada por obligación, desde que había llegado al pueblecito de pescadores cerca de la colonia de artistas donde se había instalado, no había pintado nada digno de mención a pesar de la vibrante belleza que le rodeaba. Sentía, además, una cierta melancolía, un cierto desasosiego, que no lograba definir. No había tratado siquiera de hacer amistad con los pintores, escultores, músicos o escritores de la colonia.

La colonia, seguía diciéndole, era un hervidero de artistas de todas las edades y de innumerables nacionalidades. Todos los fines de semana habían conciertos, teatro experimental, sesiones de lectura de poesía, de cuentos, o de capítulos de novelas, además de exhibiciones de pintura o escultura. No sabía por qué, sin embargo, no lograba producir.

Un terror nuevo se estaba apoderando de él. ¿Se habría apagado su instinto creativo o era, simplemente, un período de sequía o improduc-

97

tividad? La carta seguía cuajada de las dudas de Larry, siempre abierto y lleno de optimismo y energía.

Brandon, que no siempre era un cínico, comprendió aquel miedo de Larry a no ser capaz de *producir* algo realmente bueno.

Brandon, que se sentía un poco deprimido no sabía por qué, se sirvió una segunda copa y allí en la soledad de su apartamento exquisitamente amueblado se sintió, milagros del alcohol, sobriamente sincero consigo mismo y, en el fondo, bastante desencantado de sus propios logros. ¿Logros? Un sueldo adecuado, generoso inclusive, pero Gucci, en exceso, es aburridísimo. Se sirvió una tercera copa.

Generalmente era muy medido y no tomaba más de dos copas, pero se sentía un poco perturbado por la carta de Larry, sus angustias, sus dudas, y sus propias vacilaciones íntimas, en aquella tarde gris y melancólica.

Con una objetividad que no siempre usaba al confrontar su conducta, se dijo que durante su vida había comprometido tantas veces sus principios. ¿Los tuvo alguna vez? No lograba reconocer al adolescente sensitivo y vulnerable, aunque egocéntrico, que un día fue, en el hombre que era ahora.

Al terminar el concierto de Mozart, casi automáticamente, puso el *Adagio de Las Cuatro Estaciones, de Vivaldi* y encendió el fuego en la chimenea buscando la compañía de las llamas y dejó que la música le bañara el alma—Brandon tenía alma—en aquella música inigualable en que violas, violines y violoncelos parecían cantar a la vida unas veces o languidecer y llorar quedamente otras.

Si él hubiese podido realmente escoger su futuro, habría sido escritor. Pero su padre nunca hubiera accedido a mantenerle hasta que lograra establecerse y él no quería pasar privaciones ni sacrificarse y romperse el lomo como cualquier burguesito hijo de vecino en su empeño. Cuando el Magistrado se negó a enviarle a Francia e Italia donde quería educarse, ver mundo, crecer y formarse intelectualmente, tomó el único camino fácil que consideró una solución a su hambre de exquisiteces y cultura, y decidió hacerse sacerdote.

Además, no podía ocultárselo en aquella tarde que se iba haciendo noche, mientras comenzaban a caer unos enormes copos blancos que iban cubriendo los árboles del parque como en un sueño, transformando el paisaje y purificándolo. Habían otras razones por las que se refugió en la Iglesia, se dijo como dispuesto a confrontar allí frente al fuego, su otro yo. Pero sonó el timbre de la puerta, y al contestarlo por el intercomunicador del *hall* de entrada al edificio, la voz de Arturo, le dejó de una pieza. Tanto fue así, que sin darse tiempo a pensar, oprimió el botón de entrada al edificio y se preparó, aterrado, a recibir al inesperado visitante.

Arturo, mucho más joven, de unos veinte años, alto, guapísimo, con una calma y compostura raramente encontradas en alguien tan joven, le saludó con un *hola* superficial al entrar en el apartamento, y se sentó sin ser invitado en el otro butacón frente al crepitante fuego de la chimenea, después de dejar la maleta de piel a su lado. Brandon, un poco pálido a pesar del resplandor de las llamas le sirvió sin preguntarle qué deseaba tomar, un trago de whisky en un vaso, dejando que la música y el crepitar de los leños fueran el sonido imperante. No le preguntó cómo rayos había averiguado su dirección porque después de todo ya no importaba.

Arturo, un suramericano al que se le veía el dinero con sólo echarle una mirada, tenía la piel tostada por el sol, el pelo, negrísimo, le caía sobre los hombros y usaba una chaqueta de piel suave, color castaño. Miró con aprobación nada excesiva el apartamento y levantó su vaso en un gesto de brindis sin palabras por el encuentro. Brandon, sorprendido aún por aquella aparición inesperada, trató de actuar con la misma naturalidad del visitante.

Le preguntó cuándo había llegado y Arturo le dijo que acababa de llegar. Fue entonces que sonrió con absoluta naturalidad respondiendo a la pregunta mental de Brandon, que no era otra que... *"cómo diablos sabe éste mi dirección, con la respuesta increíble de...vi tu dirección por casualidad en tu licencia de conducir y la anoté por si pasaba por aquí algún día"*.

Brandon estaba furioso con aquel tipo, indiscreto, arrogante y seguro de sí mismo, que hablaba un inglés perfecto y él había conocido en Buenos Aires, en un salto que se dio a la ciudad impremeditadamente, durante unas vacaciones que empezaron en el Caribe y terminaron en Sur America. Pero no dijo nada.

Arturo, disfrutando de la sorpresa que su llegada sin anunciarse había producido en Brandon, habló de la hermosa vista que éste tenía desde allí y como al desgaire añadió que él venía de Europa y se había desviado—aquel lugar no estaba en ruta a ninguna parte, añadió—para visitarle. Brandon se dijo que por lo visto aquel casi adolescente, inmaduro y arrogante, pensaba quedarse allí con él, y decidió portarse como una persona civilizada y no ponerlo, como quería, de patitas en la calle.

Todo el que tenía el privilegio de ser invitado al apartamento de Brandon, se deshacía en elogios del buen gusto de Brandon que sabía, con acierto, mezclar unas pocas pero exquisitas antigüedades con el estilo contemporáneo de la decoración de su apartamento, dándole un sello muy personal y ecléctico al lugar. Pero Arturo, sofisticado y desorbitadamente rico, acostumbrado a la buena vida, las mansiones y hoteles caros, actuaba condescendientemente y un poco indiferente, sin prestar atención al mobiliario, como si aquello fuera una buhardilla.

Siendo como era un hombre práctico, Brandon, recobrado y dispuesto a probarle a aquel mocoso en mocasines y sin medias, que él no necesitaba lecciones de urbanidad internacional, le dijo que asumía que estaría tan hambriento como él, y que lo llevaría a un restaurantito en las afueras de la villa, que esperaba de seguro le encantaría. Con su fantástica voz recobrada de barítono operático del *Metropolitan*, marcó un número de teléfono y reservó una mesa para dos, asegurándose de que Arturo, siempre alerta a todo, comprendiera que lo conocían en el restaurante, que era muy exclusivo, algo importante en el mundo de apariencias en que Brandon se desenvolvía.

La comida fue exquisita, al extremo de que Arturo, con la segunda botella ya terminada del mejor vino frente a ellos, con una sonrisa de sus dientes de lobezno hambriento y sano, que era capaz de derretir un témpano de hielo en Alaska, confesó que realmente la cena había sido deliciosa. Brandon, encantado y resplandeciente de placer, aventuró un *...es cierto que estamos fuera de ruta, pero al menos habrás disfrutado de una cena apropiada*, que despertó en el otro una respuesta atrevida... *no vine simplemente a cenar.*

Fue entonces que se miraron a los ojos como en aquella noche en Buenos Aires. Brandon sintió un leve estremecimiento que le corrió como un meteoro desde la base del cuello hasta el final de la columna vertebral y se le quedó allí en anticipación y espera del choque de dos mundos. El imperturbable Brandon, cuando se salía del carril lo hacía con toda intensidad, como un tren sin frenos.

La noche estaba llena de promesas inquietantes; los dos lo sabían y saboreaban de antemano el momento cargado de anticipaciones deliciosas.

Cuando el camarero, un hombre con callos en los pies pero mucha dignidad, vino con la cuenta, Brandon le dio una propina desproporcionadamente alta, como la que dan los novios en su primera noche de bodas al camarero cuando éste les trae a la *suite nupcial* una botella de *champagne francés* carísima, y todavía se sienten culpables y extremadamente generosos por tanta felicidad anticipada con que el destino les ha premiado.

Brandon como si estuviera de luna de miel, también fue muy generoso. Ahora, rotas las barreras de su natural discreción, se alegraba de la intrusión de su imprevisto huésped. El pianista, como si fuera un fantástico oráculo, se anticipó a lo que guardaba la noche tras una fina cortina de nieve casi transparente y comenzó a tocar *La Vie en Rose.*

Cuando dos semanas después Arturo partió, Brandon sintió al mismo tiempo alivio y una cierta melancolía sin ansiedades cuando lo dejó en el aeropuerto. Según su costumbre de reflexionar y analizarlo todo, comenzó su diálogo interno.

...La vida es esto. Una serie de pequeñas felicidades y adioses. Larry no lo comprende y quiere atrapar y resumir en sus cuadros momentos inasibles. Sólo los genios logran hacerlo. Nosotros, él y yo, somos después de todo unos soñadores absurdos. Simplemente respiramos, cobramos el cheque, nos damos algún que otro gusto y de vez en cuando cometemos alguna pequeña atrocidad sin importancia o consecuencias serias, como eso de especular en la bolsa o esto otro, tan delicioso que se nos queda por unos días en algún repliegue del cerebro y de la carne, para hacernos la vida más fácil y grata...

Aceleró y se fue a dar su clase, contento de haber cerrado por el momento, sin consecuencias extraordinarias, una página grata del libro de su placentera vida.

La Inca era la sensación del momento en el esotérico mundo de las modelos internacionales más famosas. Su cuerpo, magnífico y esbelto, medía 5 pies y 9 pulgadas de alto y al moverse tenía la elegancia distante de un felino, majestuoso en su soledad y aislamiento.

El título de Miss Perú lo había recibido recientemente en su país natal. La rodeaba un aura de misterio, leyenda y poesía. Se decía que descendía del Emperador Manco Cápac I, fundador del Imperio Inca. Era una mujer de belleza exótica con la piel dorada y la larga y hermosa cabellera negra y lacia que le caía hasta media espalda como un manto real brillante con reflejos azulados. Sus pómulos y almendrados ojos verde-esmeralda, eran intensos; toda ella mostraba en su conjunto la mezcla de sus antepasados incas y del padre, un conquistador español.

Además de ser una modelo de fama en los Estados Unidos de América, Francia, Italia y Arabia Saudita, era experta en la Cultura y Arte Incaicos, uno de los campos de estudio en que tenía un doctorado. Fue como tal que participó en un Seminario sobre las Culturas Indígenas de Hispanoamérica, ofrecido por el Bluestone College. Cautivada por la belleza natural de las montañas de sus alrededores, *La Inca* decidió que regresaría en el invierno para esquiar en Bluestone.

A mediados de diciembre, regresó con un selecto grupo de esquiadores y se hospedó en *El Refugio*, el rústico y a la vez lujoso albergue para esquiadores adinerados, en las laderas de una de las montañas, desde la cual se veía en la cumbre más alta de la cordillera, la figura yacente del famoso guerreo, *Gran Jefe Blue Stone,* que daba nombre al área.

El Refugio, había sido adquirido por una compañía suiza que lo transformó y amplió abriéndolo a la magnífica vista que le rodeaba, con enormes ventanales, a las *suites* y elegantes estudios, con balcones y terrazas encristaladas, y todo tipo de comodidades disponibles a los huéspedes después de esquiar. Los bosques que rodeaban el albergue, eran una barrera natural que proporcionaba privacidad absoluta a los huéspedes del exclusivo lugar.

Después de disfrutar de un relajante masaje y una larga siesta, *La Inca* se despertó. Eran casi las seis. Con movimientos felinos que parecían poseerla instintivamente, fue hacia la terraza encristalada de su suite y contempló la puesta del sol, que empezaba a teñir de oro el perfil majestuoso de la cordillera y le dio en particular un tinte, un aura misteriosa y hermosa, como si el *Gran Jefe* estuviera mostrando su homenaje de Vasallo al Sol, que se hundía como un gigante, a descansar.

La Inca se sumergió entonces en la tibieza grata de la pequeña piscina que era parte de su suite.

Cuando *La Inca* entró en el salón donde ya estaba su grupo disfrutando de sus cocteles, parecía escapada de una pirámide monumental o una vestal de un templo antiguo. La cubría una blanca túnica que le dejaba desnudo el hombro izquierdo. Era una mujer de una belleza fabulosa.

Como ocurría con todas sus entradas la seguían, admirados, los ojos de los hombres que la contemplaban fascinados. Las mujeres no podían dejar de envidiarla. Nadie podía competir con la belleza y misterio que irradiaba.

Ella se acercó a su grupo como ajena a los sentimientos que despertaba en otros. Se sentó sin decir nada por no interrumpir su conversación. El tintinear de sus brazaletes de plata y piedras preciosas, confirmaba el mundo del cual venía.

Un hombre alto, atlético y atractivo de unos 30 años de edad estaba sólo, tomando su coctel sentado al lado de un ventanal. Parecía estar disfrutando la experiencia de dejarse envolver por la naturaleza y el fantástico paisaje ante él. Su vida le había sumergido en el mundo de mujeres hermosas y estaba acostumbrado a sus encantos. Después de desenterrar tumbas y haber descubierto ciudades cubiertas de restos bajo el peso de años de tierra, arena y lodo, le sorprendió sentir verdadera curiosidad e interés en la belleza impresionante que acababa de entrar calladamente en el salón siendo el foco de atención de otros huéspedes sofisticados.

Al acercarse el camarero para saber si quería otro trago, el hombre le dijo que deseaba invitar a tomar otra ronda de tragos a los acompañantes de la hermosa recién llegada, y puso en la bandeja su tarjeta, para identificarse. La tarjeta leía, Frederick Offenbach, Arqueólogo.

Cuando el camarero se acercó al grupo para informarles de la invitación de Frederick, uno de los convidados le hizo señas a éste de que se uniera al grupo.

Así comenzó la relación entre todos. Una de esas amistades breves que toman lugar durante un viaje de recreo y son olvidadas al regresar a casa. Frederick, después de saludar al grupo de extraños, con la naturalidad de hombre de mundo que era, acostumbrado a ser admitido a toda clase de círculos sociales, arrastró su sillón de piel junto al de La Inca, que lo recibió con una sonrisa y una breve inclinación de cabeza—un gesto muy suyo.

Cenaron juntos en un íntimo saloncito privado que había sido reservado para ellos. Entonces Gianni, el diseñador de *haute couture* que estaba locamente enamorado de La Inca, le pidió a ella que cantara una de las canciones de sus antepasados incas. Aunque trató de dejarlo para otra ocasión, la insistencia del resto del grupo la forzó a consentir.

Gianni tomó el CD de música que él había traído consigo y lo insertó en el estéreo. Tras un breve silencio, un místico sonido llenó el salón y la audiencia se sintió transportada a un lugar remoto, fuera del espacio y tiempo conocido por ellos.

Se sintieron en un mundo diferente. Flautas andinas, el correr de arroyuelos, tambores , caracoles y cuerdas—y siempre—de fondo a veces casi inaudible—el eco de las flautas, iniciaron como preámbulo la introducción a ese mundo.

Entonces se oyó el canto de un sinnúmero de pájaros de la tupida y lejana selva, en un concierto nunca oído por los presentes. Era la voz única, indescriptible y cristalina de *La Inca*.

Minutos después, la intensidad del canto, en un crescendo apasionado, se hizo palpable, como un oleaje restallando contra las rocas de una playa. El canto cesó. Un silencio, profundo, invadió el salón.

La pequeña audiencia, bajo aquella mística experiencia y el encanto de lo sentido, finalmente reaccionó y aplaudió, conmovidos por la voz exquisita y el eco que dejó en ellos.

Frederick, hechizado, la recibió de pie, conmovido, cuando *La Inca* regresó a su asiento.

—*No he tenido semejante experiencia desde que escuché en París y Berlín los últimos conciertos de Yma Sumac.*

—*Usted es extremadamente amable, pero Yma Sumac es única. Nadie ha podido lograr abarcar el increíble registro de ocho octavas. Yo nunca podría compararme a ella ni tratar de imitarla. Mi repertorio está inspirado en el encanto y seducción de los pájaros de las selvas del Amazonas y del Orinoco, que he visitado. Pero sé que estoy muy lejos de compararme con la inigualable, la única, Yma Sumac.*

—*Usted es muy modesta y muy joven. Ella tuvo tiempo de madurar. Sabe que también ella se inspiró en el canto de los pájaros de la selva. He estado y vivido, en El Perú, no sólo en Machu Piccho, sino también en otros fascinantes lugares de su país, tan rico en sitios pre-históricos.*

—*Muchas gracias. Usted es no sólo muy amable, sino que atesora la historia de las civilizaciones anteriores, perdidas y extintas.*

La Inca se excusó con todos, diciendo que tenía que retirarse a sus habitaciones, porque esperaba una llamada de su señora madre.

Ella era una mujer que atesoraba su privacidad. Practicaba yoga y meditaba durante al menos una hora diariamente. Su nombre era María

Eugenia Ibáñez Cápac, los apellidos de su padre español, que fue un hombre justo, y de su orgullosa madre, descendiente de miembros del Imperio Inca. Su influencia en *La Inca*, era enorme.

Había adoptado ese pseudónimo, porque éste reconocía con orgullo, su raza y la legítima sangre de ésta, en sus venas.

María Eugenia era una atleta formidable y muy buena esquiadora. Se cambió de ropa y se sentó en su terraza encristalada a leer, mientras en la chimenea de la alcoba, el fuego teñía las paredes de luz y sombras. El aroma de los troncos despertó en ella su nostalgia por lugares lejanos.

La aterciopelada noche azul, llena de estrellas rutilantes, la envolvió como una capa real. La nieve bajo la luz plateada de la luna, era armiño.

Al día siguiente *La Inca* estaba esquiando y sintiéndose totalmente libre y disfrutaba del momento, mientras el rápido descenso ladera abajo y la intensa sensación del aire frío en la cara, la revitalizaban. Mientras descendía se encontró con Frederick y continuaron esquiando juntos, hasta llegar a *The Cottage*, una amplia cabaña rústica que era parte de *El Refugio*, donde servían un delicioso tazón de chocolate caliente y una variedad de pastelillos. Se sentaron ante la chimenea de hierro y se quedaron callados por unos segundos hasta que Frederick fue el primero en iniciar el diálogo.

—*No sé por qué no puedo pensar en algo que decirte que no sea lo que te dicen todos. Me dejas enmudecido.*

—*Estás exagerando.*

—*Quisiera impresionarte favorablemente diciendo algo brillante. ¿Le ocurre lo mismo a otros hombres que se enamoran de ti después de verte una vez?*

Ella le siguió la corriente mirándole y respondiéndole con una de sus enigmáticas e impenetrables sonrisas de diosa del Imperio.

—*No usualmente. Generalmente hablan más de la cuenta. Depende del caso.*

—*Necesito que me digas cuál es tu verdadero nombre.*

—*¿No te gusta La Inca? Siendo como eres arqueólogo, me sorprende.*

—*Soy antes que nada, un hombre. Necesito saberlo para poder llamarte en mis sueños. La Inca es un bellísimo nombre para la pasarela cuando modelas. Es sugestivo y muy apropiado. Pero estoy seguro de que detrás de esos increíbles ojos verdes tuyos, hay una mujer extraordinaria que quiero llegar a conocer. Anoche soñé contigo.*

—*No te creo.*

—*Estás coqueteando conmigo y me encanta. Me da cierto aliento. Estás dejándome creer que estoy totalmente libre de tu encantamiento, aunque sabes que realmente ya soy un caso perdido. Sería capaz de proponerte que nos casáramos en este momento, si no estuviera seguro de que encontrarías ridícula mi prisa irracional. De hecho, yo estaría de acuerdo con tu reacción negativa.*

—*¿Por qué?*

—*Porque es absurdo que lo aceptaras. No sabes nada acerca de mí. Podría ser un explotador, tratando de tomar ventaja de ti.*

—*Según tu tarjeta...*

—*Eres encantadora. Te agradezco tu confianza pero podría ser un truco, algo que me ayudaría a infiltrar tu mundo de clase alta ...*

—*Es verdad. Te agradezco tu aparente sinceridad.*

—*¿Por qué aparente?*

—*Puede ser uno de esos juegos que la gente inicia por divertirse ... .*

—*Dime tu nombre. Dime si eres real o eres sólo un sueño.*

—*Soy real. Mi nombre es María Eugenia Ibáñez Cápac.*

—*Un nombre de reina.*

—*Es solamente un nombre.*

—*María Eugenia, no quiero que desaparezcas de mi vida en una senda que no lleva a ningún sitio. Pensaba irme mañana. Entonces, anoche decidí quedarme y saber si quisieras descubrir conmigo la belleza de este lugar y sus alrededores, y cenar en algunos de los encantadores restaurantes y tabernas del área.*

—*No estás sugiriendo que me escape contigo. Perdona mi sinceridad, pero por alguna razón me siento nerviosa contigo. Eres un hombre con experiencia; has vivido en toda clase de ambientes. No sé cómo decírtelo ...*

—*Puedo darte tantas referencias como necesites.*

—*No estoy planeando emplearte. Pensé que simplemente vine a esquiar, pasar un buen rato y ...*

—*Ahora, quisiera llegar a conocernos fuera de la superficialidad del círculo limitado del grupo. Ni tú ni yo pertenecemos con ellos.*

—*En eso estamos de acuerdo. Después de haber visto la belleza de estas montañas durante el pasado verano, en que fui invitada a participar por Bluestone College en un Seminario sobre Cultura Incaica del Perú. Mi agente arregló todo lo concerniente a mi regreso durante el invierno con el único propósito de esquiar y salirme del radar de los paparazis por unos días.*

—*Comprendo. Esta noche hay un concierto en la Villa. ¿Te gustaría acompañarme a cenar y después ir al concierto? Te aseguro que soy de fiar. Podemos bajar a la Villa a eso de las cinco, cenar y asistir al concierto. La orquesta es muy buena y como final veremos a una ballerina joven aclamada por la crítica de New York, como la adición más importante al elenco de la Compañía de Ballet de la ciudad esta temporada.*

María Eugenia era una aficionada a la buena música y al ballet y además se sentía atraída por Frederick, a quien encontraba interesante, inteligente, atractivo, y correcto. Lo pensó brevemente y decidió aceptarle su invitación.

Descendieron la ladera al borde mismo de ésta y decidieron ordenar, de regreso, un almuerzo ligero en *El Albergue*. Escogieron una mesa un poco apartada junto a uno de los ventanales abiertos al paisaje nevado. Él pidió una botella de un vino delicioso, el famoso cocido de los esquiadores de aquellas montañas y pan recientemente horneado.

—*Sólo quiero que te des—y me des—la oportunidad de conocerme, María Eugenia. Siento que además de tu innegable belleza y tu fascinante voz, tras tu reserva y fina ironía, hay un mundo de tesoros íntimos y una maravillosa sensibilidad, que quiero, más aún, necesito descubrir, para ser quien soy.*

—Frederick, soy muy joven aún. Tengo metas que si las supieras te sorprenderían. Si lo que buscas es pasar un buen rato, no soy lo que buscas.

—Ya lo sé. No es eso. Lo que me atrae en ti es ese "algo" como una corriente subterránea de agua escondida, un brotar profundo de sentimientos que te hacen única, un raro ser misterioso, sofisticado y complejo a pesar de tus años.

—Lo que dices es muy hermoso. Sin embargo creo que mis sueños y metas parecen irracionales y difíciles de lograr, si supieras cuales son.

—¿Por qué no los compartes conmigo y me dejas decidir por mí mismo lo que pienso? Sé que acabamos de conocernos pero siento que podré entenderte.

—Creo que más que nada estás bajo el embrujo de mis raíces incas, y mi voz que imita o reproduce el canto de los pájaros de la selva. Supongo que al menos al principio de conocerme, parezco exótica.

—Es mucho más que eso aunque sea parte de la fascinación que siento.

—Es tu instinto arqueológico. Soy para ti como una ciudad enterrada bajo capas del paso de los años que quieres desenterrar.

—Todo eso es muy poético y posiblemente hay algo de ello. Puede ser parte de la verdad. Eres un poema; la belleza interior que toda tú irradias, me ha cautivado. Déjame abrirte mi alma, María Eugenia.

—¿Tu alma?

—¿No crees que tengo un alma? Sospecho que te amaré como nadie podrá. Nunca antes mujer alguna ha dejado en mí tal convicción de que la atracción que siento por ti ahora, se convertirá en un amor eterno y apasionado. Déjame entrar a los rincones secretos de tu corazón, donde ninguno otro ha sido nunca permitido entrar.

—¡Y dices que yo soy la poeta! Parece ser que además de arqueólogo eres un poeta.

—Sé mi musa.

110

María Eugenia comprendió finalmente que aunque las palabras sonaban irreales, aquel hombre tenía en sí, la esencia de lo que ninguno otro tenía. Él estaba buscando algo superior a la superficialidad de lo que la mayoría de sus conocidos perseguían y que nunca podría enriquecer su inmensa necesidad de experimentar el verdadero amor. Era muy temprano, pero ella tuvo que admitir que tenía una intensidad y honestidad en él, que la hacía sentirse cómoda y protegida junto a él.

Frederick le tomó la mano sin joyas. La mano de María Eugenia se anidó en la de él sin hacer ningún ademán de retirarla de la de Frederick. Era una mano fuerte y varonil, que el clima, la tierra y el sol habían curtido en diferentes continentes, desiertos y malezas. Una mano que había excavado de tierras resecas y rocosas, artefactos de siglos pasados. Sin embargo, aquellas manos, parecían ser capaces de tocar tierna, suave y gentilmente, tesoros antiguos que pudieran quebrarse de sólo rozarles.

Aquella noche disfrutaron el concierto y la magnífica actuación de la exquisita *ballerina* del Ballet de la Ciudad de New York, Laura Wilcox, que había regresado a Bluestone, la Villa donde naciera y pasó su adolescencia y juventud. Su interpretación de *Joyas*, de Balanchine, encarnando *Diamantes*, fue maravillosa.

Las ganancias derivadas de la actuación de la orquesta y Laura serían donadas totalmente al Hospital de Bluestone, donde Laura había sido voluntaria en el pabellón de Oncología del tratamiento de Niños y Adolescentes, y enseñó ballet en el Bluestone College.

Después del Concierto y Ballet, fueron al pintoresco distrito bohemio de pintores, muchos de los cuales seguían en sus estudios trabajando o conversando y mantenían las puertas abiertas hasta altas horas de la noche, atrayendo a estudiantes, cantantes, músicos, actores—y alguno que otro turista—dándole al distrito una vitalidad y ambiente *sui generis* de la sección "que nunca duerme" en la Villa, como su propia y encantadora Greenwich Village, dentro de Bluestone.

Frederick y María Eugenia se sentaron en uno de los cafés, que alardeaba de su nombre escrito en inglés, castellano y francés, en el toldo azul que servía de techo al establecimiento *"El Lobo Escurridizo,"* atraídos por un saxofonista fabuloso y desconocido aún, en espera de ser descubierto.

Frederick, al ver que ofrecían entre las bebidas un *Daiquirí Floridita,* se lo recomendó a ella como el trago favorito de Hemingway en La Habana, y se lo pidieron al camarero/pintor y dueño, que les atendía ahora y durante el día se encargaba de mantener el sitio impecablemente limpio y listo.

Relajados por el Daiquirí, el ambiente y la música de *"El Lobo Escurridizo"* pasaron un buen rato conversando de sus viajes y de sus compositores clásicos y escritores favoritos. Cuando el saxofonista hizo una pausa, Frederick le preguntó a María Eugenia si le gustaría pasar por La Discoteca. Ella accedió y allá se fueron.

La discoteca no quedaba lejos y se fueron caminando. El ambiente era atractivo; la decoración, de muy buen gusto y el área destinada a bailar, a media luz, íntima y junto a un pequeño estanque interior donde crecían entre las rocas, orquídeas y helechos.

Se sentaron cuando terminaba de cantar Peggy Lee.

Pidieron otro Daiquirí, por no mezclar los tragos de la noche, y siguieron conversando, revelando espontáneamente pequeños detalles de sí mismos, que eran solamente vestigios de todo lo que ambos eran y sentían, sin revelarse totalmente. Otras canciones, tesoros de otros años y de los cantantes de esa época, siguieron escuchándose. Entonces, *"Extraños en la Noche,"* les inundó. Era Sinatra, tierno, vulnerable, apasionado y en medio de la noche. Frederick le preguntó si deseaba bailar y María Eugenia aceptó su petición.

La cercanía en que les envolvió el baile y las palabras mágicas de la canción, les hizo sentir algo inigualable, intenso. Parecía el fondo perfecto a su brevísima amistad de un día. Dejaron que el hechizo de la música les envolviera. Algo indefinible había cambiado sutilmente entre los dos.

La siguiente pieza, sin interrupción alguna, fue *Unforgettable*. La magia de la voz de Nat King Cole, les saturó, llenándoles con indescriptibles nuevas sensaciones.

Finalmente, sumergidos en la magia de un abrazo sin barreras, María Eugenia, trémula, sintió que en sus brazos se borraba el resto de todo lo que le rodeaba y que en su impuesta soledad había encontrado el nido donde sería grato permanecer el resto de su vida.

Después de bailar pieza tras pieza, María Eugenia sintió como en un sueño, que él le rozaba con sus labios, las mejillas y finalmente, la besaba más intensamente, en la boca. Una oleada de pasión nunca antes sentida les fue invadiendo con cada beso.

Siguieron así, fuera del presente, dejándose llevar por el hechizo que les envolvía, venciéndolos, disolviendo todo lo que les rodeaba, mientras se besaban apasionadamente.

Cuando al borde del amanecer la música cesó, salieron, deseando que pudieran seguir así. Era ya muy tarde. Estaban callados, no queriendo romper el encanto que aún sentían y sabiendo que habían encontrado, inesperadamente, lo que ambos buscaban en otro ser humano. Se refugiaron cada uno en su propio silencio—no había nada que decir, saboreando aquella nueva fase íntima y desconocida—y deseando que fuera tal vez el principio de una relación sólida, y temiendo que se borrara al amanecer.

Tarde en la mañana del siguiente día, Frederick la llamó por teléfono a su suite. Sin aludir a la intensidad de los sentimientos que ambos sintieran en La Discoteca, la noche anterior, pero con un algo íntimo en su voz que la estremeció, le preguntó si le gustaría ir a los establos de *El Refugio* y escoger uno de los caballos para ir al precioso bosquecillo que era parte de la propiedad del mismo y estaba reservado para sus huéspedes.

María Eugenia aceptó su invitación mientras se preguntaba si él había evadido a propósito decirle ahora, como la noche anterior mientras bailaban, que la amaba y la amaría por el resto de su vida.

Cuando entraron al bosquecillo no hablaron para ajustarse a sus caballerías a un paso normal, pues habían galopado al salir de los establos hacia el bosque, como dos buenos jinetes y ahora que habían llegado, no querían perturbar a los pajarillos que usaban el bosque como su propio refugio.

Después de unos minutos llegaron a un claro en el bosque, desmontaron y ataron sus caballos a unos metros del claro. Frederick había escogido su montura antes de recoger a María Eugenia, y había ordenado al restaurante una cesta para almorzar en el bosquecillo.

Sacó de sus alforjas una manta ligera y la extendió sobre la tierra del claro, limpio de nieve por el follaje de los árboles que lo rodeaban. La cesta del picnic contenía una botella de vino y dos copas envueltas en servilletas de hilo; lascas de salmón, alcaparras, espárragos, huevos duros, caviar, queso fresco, pan recientemente horneado y unas deliciosas uvas negras.

Se sentaron sobre la manta a disfrutar un fabuloso picnic *al fresco*, en medio del bosquecillo. Hacían una hermosa pareja ideal, con sus caballos a cierta distancia, desleídos casi por una suave niebla, por los pinceles de un raro pintor impresionista, en pleno siglo XXI.

Frederick sirvió dos copas de un delicado y exquisito *Savignon Blanc*.

—*¡A ti, mi encantadora y distante princesa!*

—*A ti, y al más exquisitamente escogido buffet y sitio!*

—*Sé que te marcharás en una semana. No puedo aceptar siquiera la idea de perderte.*

—*Solamente me voy a New York, Frederick.*

—*No seas cruel.*

—*No te engañes ni me engañes. Para ti nuestro encuentro será sólo una grata melodía incompleta.*

—*Estoy de veras enamorado de ti, María Eugenia.*

114

—*Se te pasará.*

—¿Por qué *no me crees?*

—*Porque todo esto es demasiado hermoso.* ¡*Es demasiado perfecto!* *Sería terrible para mí creer en ti y que al final todo fuera para ti una aventura pasajera.*

—*Sé que parezco alguien salido de una romántica novela. Estoy realmente, profundamente enamorado de ti. Me has fascinado.* ¡*Nunca antes he sentido por nadie lo que siento por ti!* ... *No sé cómo decírtelo.* ¡*Te amo, María Eugenia! Je t´aime... I love you! Cuando pase el tiempo te amaré aún más. Si me dejas quererte, te adoraré como siempre he soñado y deseado amar, intensamente, a una mujer. Tú eres esa mujer.*

—¡*No te creo!*

Pero lo dijo sonriéndole, pretendiendo que ahora ella era quien estaba jugando como él, cuando decía que la amaba. Pero su expresión cambió y lo miró a los ojos y confesó finalmente lo que también ella sentía.

—*Lo increíble es que yo siento lo mismo por ti, Frederick. No sé de dónde vienes ni adónde vas pero me siento atraída por ti. Tampoco yo me he sentido así con nadie y no puedo dejar de pensar en ti, aunque trato y me digo que es sólo una ilusión de mi parte.*

—¡*No lo es! Comprendo tus dudas. Es ilógico sentirlo así en tan corto tiempo, cuando menos lo esperábamos.*

—*Es, además imposible.*

—¿*Por qué?*

María Eugenia trató de rescatarse del inmenso atractivo que él ejercía sobre ella y de la magia del momento.

—*Mi meta es dedicarme a algo que te parecerá imposible y absurdo.*

—¿A qué *te estás refiriendo?*

—*Pienso trabajar como modelo dos o tres años más. Usando después mi nombre, mi fama, y el dinero ahorrado volveré al Perú y trabajaré, dentro del gobierno, en favor de la olvidada y explotada población indígena.*

—¡*Eres una romántica!* ¡*Una idealista maravillosa!*

—*Solamente siendo parte del gobierno se puede cambiar algo de la terrible situación en que viven. Piensas que es un sueño irrealizable.*

Él, acostumbrado a sorpresas increíbles, no pudo reaccionar inmediatamente. Después de una larga pausa, le respondió.

—*Lo que piensas hacer afectará tu vida extraordinariamente.*

—*Lo sé. Pero no quiero pasar los próximos 10 o 15 años de mi vida modelando en las famosas pasarelas de las ciudades metropolitanas, mostrando trajes de precios exorbitantes, dando entrevistas irrelevantes, contestando preguntas increíblemente absurdas y estúpidas, haciendo una fortuna, mientras que hay millones de seres humanos muriéndose de hambre.*

—*¡Mientras más te conozco, más fascinante te encuentro!*

—*Frederick, lo único que podemos hacer es dejarnos de ver. Vamos a pretender que este encuentro maravilloso, nunca ocurrió. O que fue el efecto de esos mortales Daiquiríes, la música, y que ahora, en este momento, estamos bajo el embrujo de este bosquecillo encantado, irreal ...*

—*¡No!¡ Tú eres real! ¡Yo soy real! Yo no besé anoche una sombra. Te sentí estremecida en mis brazos. Sentí tus besos, que no fueron dados bajo una ilusión momentánea. Tú sentiste los míos y respondiste apasionadamente. Tengo en mis labios aún el sabor de los tuyos... Si te perdiera y tú sientes como sentiste anoche y hoy, sería un error tremendo perdernos uno al otro. ¡Cásate conmigo, sabiendo que te amaré hasta el fin de mis días!*

—*¡Nos conocimos hace dos días, Frederick!*

—*Lo que sentimos anoche trasciende el tiempo. Tiempo, en mi mundo, es un concepto. Una medida ... Dime, qué sientes por mí.*

—*Me atraes física, emocionalmente, intelectualmente. Tú lo sabes. Nunca he sentido por un hombre nada igual. Admiro tu sentido del valor de civilizaciones antiguas, y tu persistencia en desenterrarlas y levantarlas de su tumba. Civilizaciones que un día fueron magníficas, extraordinarias, y lograron dejar su huella en las arenas que les cubrieron por siglos, hasta que alguien como tú las desenterró para preservar mucho de ellas en los museos o en su último lecho natural. Pero eso no es todo.*

—*¿Qué más?*

—*Sé que lo que siento por ti es mucho más hondo. No es una simple atracción pasajera. Creo que es amor o llegará a serlo. Lo que sentí anoche fue, es, un sentimiento mucho más profundo, pero no quiero precipitarme ...*

—*Yo estoy dispuesto a esperar por ti, María Eugenia.*

—*Sé que necesito conocerte mejor, Frederick. No quiero que me deslumbre la intensidad de lo que sentí anoche o estoy sintiendo hoy. ¡ Tú eres un hombre fascinante! Los dos necesitamos más tiempo.*

—*Déjame entonces seguirte a New York. Tengo un apartamento, cerca del Museo Metropolitano. Podemos continuar viéndonos mientras cumples con tus contratos en la ciudad y permaneces en tu hotel. Esperaré a que estés totalmente segura de lo que sientes.*

Pasaron seis o siete meses en New York. Meses inolvidables y atesorados de descubrimientos sorprendentes, de absoluta sinceridad sin antifaces deslumbrantes. Poco a poco, supieron verter la intensidad de lo que sentían y eran, ellos mismos, sin la agobiante presencia de extraños. Una noche, mientras conversaban, sentados en la terraza del piso de María Eugenia, le preguntó si extrañaba, aún sin decirlo, su terruño amado, intenso y lejano... María Eugenia confesó por primera vez, cuánta nostalgia sentía...

Él, profundamente conmovido, la dejó hablar sin interrumpir la intensa catarata de aguas verdinegras y bordes plateados por el sol, de su tortura interior.

La voz de Frederick, sólida, sin afectaciones, finalmente se oyó, mientras las luces de los enormes rascacielos de la ciudad, parpadeaban contra un cielo profundamente azul que a veces se hacía violeta al acercarse a un confín remoto... más allá.

—Podemos ir, sin quebrantar nuestra búsqueda..., tu búsqueda. Yo he encontrado en ti todo lo que añoraba.

—También yo en ti...

—¿Estás segura?

—Sí.

Una semana después, volaron al Perú. Aterrizaron en Cusco, la capital arqueológica de América y del fascinante Antiguo Imperio Inca, y allí se casaron sin alardes ni festejos, pero llenos de amor y de respeto mutuo. Se hospedaron en un lugar del que se veía y casi se aspiraba, el olor de la tierra y del viento que lamía la imponente belleza, de la inigualable Fortaleza-Templo-Palacio y Ciudad, que fue y es, Machu Piccho.

Subieron sólos a Machu Piccho y dejaron que el panorama les envolviera, en la quietud de las primeras horas del amanecer. Uno de esos amaneceres, cuando la niebla envolvía las montañas de los Andes, escalaron, paso a paso, senderos y terrazas de piedra y plantíos que les llevaron a las ruinas... Una flauta andina les guió... Allí sintieron la poderosa presencia de los Incas.

Permanecieron allí unos días, alojados en la choza de unos indígenas en una ladera cercana. Se levantaban al amanecer y volvían a ascender a la cumbre, donde Machu Piccho se levantaba inconquistable, solamente sepultada por el paso del Tiempo y la Naturaleza. Aquel lugar, que ambos sentían que no querían abandonar, les atraía irresistiblemente.

Después de dos semanas, bajaron y recorrieron el Valle de los Incas, el LagoTiticaca y pueblitos casi enterrados, en las arenas del tiempo. Se identificaron con los humildes habitantes del lugar, y compartieron con ellos, sus viandas, cocidos y remotos cantos, en la lengua quechua de sus antepasados. La Inca, María Eugenia, se sintió más que nunca honrada, por su sangre y por la inmensa pasión que sentía por sus orígenes incaicos.

Finalmente, se adentraron en la lejana y maravillosa Selva Virgen, aún intocada por la ambición de tantos. Después de unos días, días de soles sofocantes y noches de estrellas y lunas inolvidables, se adentraron en el paisaje exquisito de los Andes, se sumergieron en sus ríos y lagos cristalinos, y se amaron, insaciablemente. Volverían, le prometió él.

Eran dos románticos amantes, una mujer y un hombre, en un mundo a veces distorsionado y a veces gloriosamente fascinante.

El segundo semestre estaba ya terminando cuando Andrés sintió en los huesos—tenía un esqueleto muy sensitivo—que algo no andaba bien entre él y Veronique. Su pantera estaba distraída, lejana, y repentinamente se había vuelto inaccesible. Cada vez que la llamaba la maldita maquinita automática, tan odiada, le contestaba por el teléfono siempre con la misma cinta y la misma música de fondo. La voz de Veronique sonaba sensual e invitante para todo el mundo ya fuera él o alguien tratando de venderle aspiradoras o cazuelas para el micro onda.

Esa noche, era un viernes, en vez de llamarla, decidió ir a verla y se llegó hasta su edificio, subió a su piso y llamó a la puerta. Eran las diez de la noche. Veronique, guapísima, de rojo, abrió la puerta y se quedó un poco sorprendida al verlo. Él no se quedó esperando a que lo invitara a pasar y entró al *hall* encontrándose de repente con otro hombre sentado en el famoso sofá color crema.

Andrés sintió en la base del cráneo la sensación de que el cabello se le levantaba erizándosele imperceptiblemente y le sorprendió encontrar en aquella reacción suya, bestial y primitiva, algo que le acercaba precipitadamente al hombre de las cavernas. Quería retorcerle el cuello a su contrincante, y sacarle las tripas allí mismo.

Veronique, en absoluto control de la situación se volvió hacia el guapísimo hombre del sofá, que se había puesto de pie, y los presentó, explicándole brevemente a cada uno quien era el otro y llamándoles a los dos "*Darling.*" Ella llamaba "querido" a todo el mundo. Andrés era un colega, Charles era su ex-esposo.

Los dos hombres se midieron con la misma curiosidad y recelo con que lo hubieran hecho dos gorilas en plena selva africana. Pero cohibidos por las reglas sociales y su esmeradísima educación, refrenaron el deseo mutuo de partirle el cráneo al otro de una manotada y se limitaron a enseñarse los colmillos en una sonrisa relampagueante.

Andrés se dijo, que su contrincante era tan guapo como él. La hermosa Veronique, alta y esbelta, descartaba como posible acompañante, por brillante que fuera, a todo hombre que midiera menos de seis pies.

Como si el ex marido de su amante no estuviera allí, Andrés, que estaba al explotar de rabia, la miró a los malditos ojos verdes y le dijo, para que el otro se enterara de sus supuestos derechos para irrumpir en el apartamento de ella sin anunciarse, que como hacía una semana que no sabía de ella, había venido por si le había pasado algo. La excusa, corrientísima, le pareció una idiotez después de decirla y se dio cuenta de que se estaba portando como un galán de tele-novela.

Veronique, pasando por alto la actitud ridícula de Andrés, y un poquito abochornada de que Charles, siempre tan en control de sí mismo y a la altura de las circunstancias, lo viera como un celoso adolescente, invitó a Andrés a que se sentara y a su vez ella se volvió a sentar junto a Charles.

Hacían un triángulo soberbio, bellos, altos y educados.

Fue entonces que Charles le preguntó a Andrés qué deseaba tomar y éste le pidió un scotch, que el otro le sirvió, doble, como si fuera un experto *barman* de club exclusivo y no Fiscal del Distrito.

La voz melodiosa y sensual de Veronique se escuchó cayendo en el silencio que se había hecho, mientras el piano seguía sonriendo su sonrisa socarrona y divertida de cocodrilo satisfecho.

—*Iba a llamarte el lunes para almorzar contigo, querido...*

Le dijo al amoscado Andrés, que se sentía perturbadoramente en ridículo en aquella situación.

—*... porque tengo algo inesperado, pero grato, que decirte.*

Y continuó en un susurro íntimo, con su más fascinante acento francés, dándole la fantástica noticia a Andrés, de que *Charles y ella habían decidido casarse de nuevo, porque en realidad nunca habían dejado de amarse apasionada y locamente.*

Ni Andrés ni Charles la interrumpieron, por lo cual, Veronique prosiguió hablándole amablemente al enmudecido Andrés.

—*Ya sabes, cómo son las cosas. No tengo que explicártelo. Eres un hombre de mundo. Una cosa es enamorarse por un tiempo; otra cosa es amar profundamente a alguien. Yo adoro a Charles y él a mí. Él sabe de lo nuestro y lo comprende... Nos encantaría que vinieras a la boda que será muy íntima...* Y sonrió con su sonrisa más encantadora.

Andrés, descartando las sugerencias del cavernícola que aún llevaba dentro, le dijo que desde luego, que iría a sus bodas, en vez de mandarla al ciruelo.

Con el orgullo magullado y el estómago revuelto como si fuera a vomitar allí mismo, sobre la fantástica alfombra oriental, se dijo que era hora de decirle adiós a ¡aquella mujer sin alma!—le asombró aquello de *"mujer sin alma"*—que parecía tomado de un corrido mejicano. ¡Recordó que tenía un primo mexicano y muy apasionado! Sabía que él estaba hablando y actuando como un verdadero idiota y ello le dolía en la exclusiva región donde se asientan el intelecto y el orgullo de algunos hombres: entre sus tersos glúteos de dios griego.

Miró por última vez el fabuloso escote de Veronique y lo que éste contenía sólo a medias, dio las buenas noches y salió a la calle, sintiendo no dolor, pero sí una tremenda magulladura en su orgullo y en su vanidad heridos, y se fue a un bar de medio pelo, donde no encontrara a nadie conocido.

Después de salir del tercer bar que visitó aquella noche, sin saber por qué, Andrés se encontró frente a la casa donde tenía su oficina, en aquel vecindario de hermosas residencias antiguas que eran ahora parte del College.

Los árboles de ramas ateridas y desnudas de hojas, le llenaban de melancolía. Una fina capa de nieve fresca cubría los troncos añejos que azulaban bajo una inmensa luna redonda, azulosa, intensa, perfecta.

Al levantar los ojos vio, la ventana de su oficina y una mujer asomada a la ventana contemplando la luna. Aunque se había tomado una botella de scotch, se dijo que él no estaba borracho y se preguntó quién sería y qué estaría haciendo aquella mujer en su oficina a aquellas horas de la noche. El reloj de una distante iglesia dio las dos. A la luz de la luna Andrés notó que la mujer llevaba un sombrero de ala ancha.

Sin pensarlo mucho, se dirigió a la puerta del frente de la residencia, la abrió, y comenzó a subir las escaleras sin encender las luces del hermoso vestíbulo porque quería sorprender a la intrusa. Además, la luz de la luna y la que se filtraba del alumbrado público por el enorme ventanal de vitrales de la escalera, le permitía subir sin hacerlo.

Al llegar frente a la puerta de su oficina notó que ésta estaba cerrada como la había dejado, sacó el llavín de nuevo y abrió la puerta. Allí, frente a la ventana, estaba, de espaldas a él, la figura de la mujer contemplando la luna por la ventana. Él no dijo nada, fascinado por la presencia de aquella mujer allí y por un algo inexplicable, una sensación nunca antes sentida, frente a aquella figura etérea, grácil y delicada. Finalmente ella se volvió hacia él como si fuera perfectamente lógico el que se encontraran allí a aquellas horas.

Cuando él hizo un gesto para encender la luz, ella le pidió que no lo hiciera, y añadió que la luz de la luna era tan hermosa que no hacía falta otra. La voz de la mujer era suave como un sueño.

Andrés trató de verle la cara en aquella exquisita penumbra que les rodeaba, pero el ala del sombrero y el velo bajo éste, que se anudaba al cuello dejándole flotar en torno suyo, la rodeaban de suaves sombras.

La mujer vestía un traje largo. La luz de la luna teñía de plata el borde de los pliegues de la falda que caía hasta el suelo dejando sólo ver el botín del calzado. El traje parecía ser de terciopelo color uva morada. El pelo rubio le caía en rizos sobre la nuca, y del cuello largo y fino, colgaba un *pendantif* de brillantes, que se le posaba como una lágrima en el hermoso pecho y que capturaba la luz de la luna cuando ella se movía hacia la ventana.

—*Adoro la luna y la nieve. ¡Me encanta esta casa llena de vitrales y chimeneas de mármoles blancos, negros y rosados! ¿Le gusta a usted nuestra residencia?*

Él, fascinado por la voz suave y el gesto gentil de aquella mujer tan distinta a cuanta mujer había conocido jamás, le dijo que sí. Ya no se preguntaba qué hacía ella allí, sino que se dejaba llevar por el hechizo del momento, sin preguntas innecesarias, atrapado en su encanto.

De repente su oficina se reveló ante Andrés con toda su belleza. La chimenea de mármol negro, se despolvó, sutilmente, como por arte de magia y brilló de nuevo. El viejo buró de caoba recobró su lustre hermoso y se le borraron las marcas que el tiempo y el descuido le grabaran, dejando que las venas de la madera volvieran a surgir, regresando a su elegante color y textura del pasado. Las losas del piso recobraron su albura.

Ella fue entonces hacia la chimenea y con exquisita gracia prendió los leños que no mostraban ahora telarañas ni polvo. La luz del fuego tiñó la escena, lamiendo las paredes y la vieja seda verde jade y gris plata, recobró su satinada textura.

Andrés y la mujer velada se sentaron en las dos butacas frente al fuego. El tapiz de los dos butacones perdió el paso de tantos años como tenían y los hilos entretejidos que formaban las florecillas diminutas del material, renacieron, mostrando sus tintes originales.

Ella, fue hacia el viejo librero obscuro, abrió un compartimento del centro, sacó una botella de cristal tallado, y sirvió en dos copas del mismo cristal un vino dorado como el oro. La mujer extendió una de las copas a su acompañante y volvió a sentarse. |

Se miraron como si se conocieran de toda la vida, hicieron un brindis sin palabras y tomaron un sorbo del dorado vino.

Él no se preguntaba nada; ni quién había puesto allí aquellas copas ni aquel vino, ni cómo había entrado ella al caserón cerrado. Nunca se había sentido así con nadie. Afuera, la luna seguía rotunda y distante pero al mismo tiempo tan cerca que casi podía tocarse con las manos.

Fue entonces que Andrés notó una hermosa rosa en un vaso de cristal en su escritorio, a punto de abrirse. Suavemente, en un susurro para no romper la magia del momento, él le preguntó su nombre. Ella musitó al contestarle: Anna Cristina.

Permanecieron en silencio sentados junto al fuego con la luz de las llamas reflejándose en las copas y rompiéndose en miles de diamantes diminutos.

La mujer fue a la ventana de nuevo. Él la siguió y se detuvo detrás de ella con naturalidad, mirando la inmensa luna, en uno de esos gestos que se han hecho anteriormente. En la avenida brillaba tenuemente la luz azulada de las lámparas de gas. Cuando ella apoyó la cabeza en su hombro y ladeó el rostro hermosísimo, Andrés la besó en le mejilla y finalmente en los labios.

Como dos viejos amantes, sin necesitar de palabras, salieron del aposento dejándoselo a la luna y a los leños aún encendidos. Él la siguió. Al pasar las puertas de las oficinas de otros profesores, él notó que las placas de metal con sus nombres habían desaparecido. Cuando llegaron al final del largo pasillo, entraron en una hermosa alcoba. El fuego de la chimenea, encendido por la mucama horas antes, se reflejaba en el satín de las paredes.

Como en un sueño, él comenzó a besar a Anna Cristina que no lo rechazó. Al cabo de un rato la desnudó lenta y delicadamente, mientras le murmuraba tiernas palabras de amor, que nunca le había dicho a ninguna otra mujer, como si ella no fuera una desconocida sino parte de su vida.

Con la luz de la luna filtrándose aún por la ventana, el reloj de una iglesia distante dio las cinco. Anna Cristina se levantó calladamente para no despertar a Andrés. Lo miró con infinita dulzura por unos minutos y finalmente salió de la alcoba en penumbra.

Una nube, transparente como un velo, apagó el fulgor de la luna. Andrés se despertó y sin abrir los ojos buscó con la mano el cuerpo desnudo y alabastrino de Anna Cristina. No estaba junto a él. Angustiado, y sintiendo una tristeza infinita—algo totalmente nuevo en él—abrió los ojos sabiendo que la había perdido para siempre.

Fue a la ventana. Las luces brillantes del tendido eléctrico le deslumbraron. En la distancia vio una figura caminando por la acera a la sombra de los grandes troncos de los árboles. Era ella, pero él sabía que era inútil llamarla.

Bajo el peso de una profunda frustración, se vistió, salió de la alcoba que había comenzado a transformarse a su apariencia del presente y se dirigió a su oficina. La puerta estaba entreabierta. Miró a su alrededor. Los leños de la chimenea estaban polvorientos y las telarañas les envolvían otra vez, en la chimenea de mármol negro, que había perdido su brillo a causa de los años, pero más que nada, debido a la negligencia del personal de limpieza.

Andrés se sentía drenado y deprimido por haber perdido a Anna Cristina. Al descender los escalones del pórtico de la antigua residencia de piedra situada en la ancha avenida, encontró un perfumado pañuelo de encajes con el perfume de Anna Cristina y se lo guardó en el bolsillo.

En la acera, alejándose de la mansión, en el polvillo de la nieve fresca que la cubría, estaba la huella de los botines de Anna Cristina. Andrés siguió las huellas, pero poco a poco fueron borrándose y se desvanecieron. Sabía que sería un milagro verla otra vez.

Entró en su coche, exhausto por la intensidad de todo lo vivido esa noche en unas horas. Nunca antes había sentido verdadero amor. Nunca se había entregado a nadie con absoluta fe, con tanta intensidad y tan totalmente. ¿Había sido aquella una experiencia real o un sueño maravilloso? ¿Por qué entonces el pañuelo perfumado y las huellas de sus pisadas? Más aún ¿por qué razón, él, se encontró tan cómodo, completo y sincero con ella en su mundo?

El día siguiente, Andrés se encontró con Elizabeth Broderick, una de las profesoras por la cual él sentía mucho respeto, en el salón de la Facultad. Era una mujer de unos 50 años, sensitiva, refinada, extraordinariamente inteligente. Tenían en común, su amor y apreciación por la buena literatura y por la música clásica. Era Decana de la Escuela de Enfermeras, no se había casado posiblemente porque era muy independiente, viajaba adonde le inspiraba hacerlo a lugares que le dictaban sus intereses y estaba totalmente dedicada a su profesión. Elizabeth tenía una mente amplia y un generoso corazón abierto a todo ser humano que necesitara ser comprendido o consolado.

Era una jardinera fantástica y amaba la naturaleza en todas sus fases. En el otoño, plantaba bulbos de narcisos, tulipanes, lirios, y otras plantas que florecerían en la primavera. Su orgullo eran las exquisitas peonías que florecían en el verano y parecían salidas de la tierra, como un milagro, bordeando la senda que conducía a la biblioteca, y sus rosales que tenían fama por su indescriptible belleza y habían obtenido premios en concursos del Noreste. Al fondo y un lado del teatro del campus, mantenía aparte un jardincillo de flores silvestres, que atraían docenas de mariposas, y colgaba en los árboles de camelias y manzanos del parque interior de Bluestone, refugios y comida para los pájaros del área.

Elizabeth le preguntó si se sentía bien. Él le dijo que sí, pero ella comprendió que no era cierto. Sus ojos azules e intensos estaban hoy grises y teñidos de algo que ella intuía era el peso de un amor no correspondido. Le dijo que se notaba, que él estaba enamorado y preocupado. Él supo que podía confiar en ella. Andrés, siempre tan en control y seguro de sí mismo estaba pasando por una crisis terrible y ella, lo sintió así.

—*Anoche me pasó algo increíble, Elizabeth. Pasé por mi oficina muy tarde en la noche y vi en la ventana la figura de una mujer contemplando la luna...*

—*Es Anna Cristina. A veces viene en noches de luna llena. No le hace daño a nadie. Generalmente lo que hace es que toca el piano y se va al amanecer.*

Andrés sentía taquicardia, sudores y náusea. Cualquier médico hubiera pensado que estaba teniendo un ataque al corazón. Realmente, estaba asombrado de lo que aquella mujer estaba diciéndole con tanta naturalidad. En vez de tener el infarto decidió que tenía que saber qué estaba pasando. Le preguntó a ella si la conocía.

—*No, pero me han hablado de ella.*

La respuesta brevísima, dicha sin drama pero con convicción, le reveló algo de lo mucho que sospechaba. La miró a los ojos sin preguntarle nada, esperando que ella, le dijera todo lo que sabía. Elizabeth le recomendó simplemente, que se olvidara del asunto y de lo que hubiera ocurrido la noche anterior. Anna Cristina era un espíritu. Y con el pretexto de que tenía que irse a clase, salió del salón dejándolo con sus sospechas y una serie de alternativas que realmente no lo eran.

Esa noche, Andrés se fue a la oficina a esperar a Anna Cristina. Sentía una intranquilidad, una angustia y una anticipación, fuera de lo común. Él no estaba acostumbrado a perseguir a ninguna mujer. Toda su vida, empezando con aquella viuda joven que se enamoró de él y lo sedujo cuando estaba en el último año de la escuela superior, las mujeres se habían encargado de seducirlo con una determinación y bríos como si se tratara de la conquista del Perú. Pero Anna Cristina era diferente. Sabía que era la mujer de su vida. ¿Había dicho la mujer de su vida? Sonaba ridículo, sonaba a folletín, pero lo era, se dijo de nuevo sin que le quedara duda alguna y totalmente convencido de ello.

Esperó hasta la una y comprendió que ya no vendría. Abrió el compartimento del centro en el viejo librero ahora sin brillo, pero no encontró la botella de vino ni los vasos. Cuando se volvió, vio por un segundo, una sombra contra la pared y miró hacia la ventana buscando la figura de Anna Cristina, pero no había nadie. La sombra que viera contra la pared, si es que realmente la vio, también se había esfumado.

Andrés bajó en la penumbra las escaleras, salió al pórtico, y después de unos segundos se encaminó hacia su coche y se marchó desencantado pero resuelto a encontrarla de nuevo.

$\mathcal{H}$abían pasado ya más de ocho meses desde el día en que el Decano le entregara a Brandon $15,000.00 para la inversión. Sumergido en los constantes problemas y las crisis que confrontaba en su trabajo con aquel grupo de saboteadores, los profesores que parecía un grupo de guerrilleros y terroristas, según le decía a su mujer, indignado, cuando le contaba de las peripecias del día, el Decano no se había molestado siquiera en seguir las fluctuaciones de su inversión. Una tarde en que se encontró con Brandon en la cafetería a solas, le preguntó a éste qué tal estaba marchando la inversión. Brandon, sin que un sólo músculo de su hermosa cara delatara el más mínimo vestigio de preocupación, le dijo que suponía que bien. Al Decano no le pareció extraña su respuesta porque Brandon, no negaba ni afirmaba nada, rotundamente.

El Decano, no pensó de nuevo en aquella pequeña aventurilla al margen de la ley, un simple pecadillo venial, que le había recomendado nada menos que un sacerdote amigo, y se dijo que después de todo pagaba una atrocidad en impuestos mientras que uno de los hijos del Sr. Presidente de la República, especulaba impune e imprudentemente en petróleo y otras comodidades, con el dinero de otros y no le pasaba nada, y se sintió contento anticipando las ganancias futuras.

" *El abominable hombre de la Montaña*"—como *Brandon* clasificaba a Marvin—con su raquítica colita de caballo, su innecesaria liguita atándosela y aquel ridículo arete que usaba como una medalla de la orden de Jorge III en la oreja grande y fea, se acercó a la mesa del Decano, al borde de una crisis, moviéndose grotesca y espásticamente. Venía pálido y agitado y no sabiendo que también el Decano había invertido en el proyecto del amigo de Brandon, confrontó a éste en la presencia del mismísimo Decano, que palidecía mientras le escuchaba hablar, contagiado del mismo terror que veía en Marvin.

Marvin acababa de leer un artículo en la primera página del periódico de la mañana, acerca de un estafador que le había robado miles de dólares a una mujer que sufría de una forma de demencia senil y tenía 80 y tantos años, embaucándola y estafándola en una supuesta inversión, inexistente, que prometía una ganancia de un 20%. La hija de la señora víctima del engaño a manos del estafador (que se identificó como un amigo de la familia, aunque la pobre señora no recuerda ahora su nombre ni cómo éste lucía, pero confió en él), reportó el caso. La víctima sacó de su cuenta de ahorros $10,000 (lo cual fue verificado por el banco) y se lo entregó al estafador para que éste lo invirtiera.

Al no encontrar en la casa ningún documento acerca de la inversión, la atribulada hija se puso en contacto con la policía y el periódico y ahora el hecho está siendo investigado. El temor de la hija es que existan otras víctimas del estafador, lean el artículo del periódico y provean informes adicionales que conduzcan a la aprensión del mismo.

Marvin Ferguson, estaba descontrolado, presumiendo que lo que él había leído era más que un simple y desafortunado incidente en la vida de la desvalida anciana. Él creía con todo su atribulado cerebro, finalmente, que el hombre detrás del mismo, era Brandon Van Der Weyden, III, ¡y que él, Marvin, había perdido sus $7000.00 que había ahorrado con tanto sacrificio para un viaje a Australia!

Pensó entonces en el papelucho que Brandon le dio, uno de esos que se venden a $1.50 o $2.00, y que remedaba un certificado, que se puede comprar en una farmacia o librería cualquiera. El muy ladrón se lo entregó al entregarle Marvin los $7,000. Lo garabateó con firmas ilegibles, de gente inexistente, cinco sellos de a dólar y con el nombre y apellido de Marvin—y seguramente de sus otras víctimas—en letra cursiva, la cantidad de dinero invertida y unos cuantos adornos y "colitas" impresionantes en las mayúsculas. Marvin se sentía vejado, ofendido, robado y unas cuantas cosas más.

A punto de tener una embolia, Marvin decía que no había logrado hablar con ningún ser humano concretamente de ello. *El abominable hombre de la Montaña* estaba fuera de sí, totalmente histérico, presumiendo que lo que entendía era cierto, que había perdido todo su dinero.

El Decano, cuya cara regordeta se había vuelto blanca como la pared, viendo que Brandon nada decía y que para su sorpresa estaba un poco pálido, le confrontó a su vez aunque serenamente. Su pregunta calló entre los tres como una gotita de agua a punto de evaporarse en el pavimento.

—*¿Qué está pasando, Brandon? Dile algo al pobre Marvin antes de que tenga un ataque al corazón.*

Brandon, ofendido dijo que seguramente ellos no estaban pensando que él, era el estafador. Añadió entonces que estaba seguro de que no había motivos para alarmarse, que él hablaría con su amigo y que cuando tuviera una respuesta satisfactoria les llamaría. Mencionó que desde luego siempre había cierto riesgo en toda inversión de ese tipo. Recogió sus libros y se marchó dejando al Decano y a Marvin sumidos en sombríos presentimientos de que alguien les había tomado el pelo como a unos verdaderos idiotas y habían perdido, para siempre, aquellos dólares ahorrados contra viento y marea.

Esa noche el Decano llamó infructuosamente a Brandon. La voz de éste, grabada, le llegaba a través del receptor del teléfono, modulada y perfecta, diciendo que no podía contestar el teléfono en ese momento y que le dejaran el nombre y número para devolver la llamada tan pronto como pudiera.

El Decano estaba al borde de las lágrimas y su mujer, que era mucho más inteligente que él, y a quien nunca le pareció aquello un negocio seguro, le dijo que eso le pasaba por mentecato, que había que ser un verdadero cretino para entregarle al marica de Brandon tanto dinero.

El Decano no logró dormir en toda la noche y se consoló vaciando una botella de coñac. Al día siguiente, con un dolor de cabeza terrible llamó a su secretaria, le dijo que estaba enfermo, lo cual era cierto, y que se comunicara con Brandon y le dijera que lo llamara a su casa a la mayor brevedad.

Brandon llamó alrededor de las diez de la noche de ese día y le dijo, con su famosa voz y su imperturbable estilo, que no tenía buenas noticias. Que efectivamente la "operación" había sufrido una catástrofe, un derrumbe producto de la fuerza de un huracán devastador y que por el momento su amigo estaba tratando de conseguir un nuevo préstamo. Lo dijo como si el Decano hubiese sólo invertido unos centavos y no valiera la pena hacer una escena de mal gusto sobre el caso.

Como que la "operación" se había hecho por debajo de la mesa para no tener que reportar las ganancias al IRS, el temido y odiado Departamento de Impuestos—algo confuso que el Decano nunca logró comprender del todo, y que sólo aceptó porque tenía fe en la palabra de Brandon—pálido y desesperado comenzó a sentir un dolor terrible en el pecho, (¿angina?) a pesar de lo cual, le dijo a Brandon antes de que éste colgara o desapareciera, que quería saber el nombre de su famoso amigo para ir a matarlo.

Brandon, le respondió que lo sentía mucho pero que no podía revelarle su nombre y mucho menos para que el Decano lo matara. Le aconsejó que lo tomara con calma y le dio las buenas noches, colgando sin más ceremonias el teléfono.

El Decano se tomó una botella de scotch esa noche, pues no soportaba el sabor del coñac después de la resaca sufrida, y por segunda vez no pudo pegar los ojos y dormirse.

Después de hablar con el Decano, Brandon llamó al Señor Obispo a su número privado en el Obispado, y solicitó una entrevista con éste para el día siguiente, para un asunto de la más estricta confidencia e importancia. El Señor Obispo, alarmado por el tono de la voz de Brandon, pero discretísimo, no le preguntó nada pues comprendió que éste quería discutir con él personalmente algo serio y le dijo que viniera a desayunar con él al día siguiente.

Cuando Brandon entró en la residencia cede del Obispado, el Secretario del Señor Obispo lo estaba esperando y lo condujo al comedor. Ya éste estaba allí y le recibió con su proverbial cortesía.

Al Señor Obispo, un hombre serio y honrado, le encantaba comer bien y abundantemente como lo demostraba su humanidad rotunda. El aroma del tocino y del jamón recientemente preparados, traídos por un sirviente vestido inmaculadamente de blanco, inundó el hermoso comedor de techos de madera labrada y cortinajes de terciopelo rojo. Los huevos, preparados en una salsa exquisita y pecaminosa, parecían soles. El sirviente trajo pan recién horneado, mermelada de manzana y de melocotón, mantequilla, una jarra de jugo de naranja y otra de toronja, una bandeja de frutas frescas y quesos, y se marchó discretamente.

El Señor Obispo notó el rostro serio de Brandon y decidió ayudarlo a que dijera lo que lo preocupaba, preguntándole si ocurría algo en que él pudiera servirle. La respuesta de Brandon le sorprendió aunque al Señor Obispo ya le sorprendían pocas cosas y menos si venían directamente de Brandon. Un silencio incómodo se prolongó por unos segundos.

Brandon le dijo al Señor Obispo mientras éste se dedicaba con gusto a saborear su primer bocado, que había cometido un error. (Él nunca antes había admitido haber cometido ninguno.) Su voz melodiosa y perfectamente modulada, dejando que se filtrara en ella una tonalidad de honda preocupación y un tinte de angustia, continuó oyéndose mientras que poco a poco desaparecían del plato del Señor Obispo, el tocino, el jamón y los huevos. Brandon casi no probó el suculento desayuno aunque lo contemplaba taciturno, con los ojos bajos, para así evadir mirar al Señor Obispo.

Según Brandon, él había cometido el error de confiar en una inversión fantástica que un amigo de toda su confianza (cuyo nombre debía de permanecer incógnito) estaba auspiciando y proponiendo a socios inversionistas, que serían parte y tendrían, de acuerdo con el tamaño de la inversión que hicieran, derecho a votar en las proposiciones de la Junta de Directores e inversionistas.

Brandon, apenadísimo, le confesó al Sr. Obispo, que él había recomendado al Decano y a algunos amigos, que invirtieran ya que se proyectaba que la ganancia sobre lo invertido resultaría ser de un 20%, lo cual él consideraba excelente, al extremo de que el mismo Brandon había invertido $10,000.

Su consejero en finanzas le habló de una inversión fuera del territorio y leyes de los Estados Unidos. La inversión tenía muy poco riesgo y alta ganancia. Brandon pensó que si él invertía una cantidad considerable de sus ahorros, la ganacia que la inversión prometía, le ayudaría a mantener la posición que él disfrutaba, pero que su sueldo del college y la diósesis no podían sostener. Tratando de mejorar la aguda baja en sus fondos, por haber invertido tanto dinero en la inversión mencionada, ofreció la misma oportunidad a largo plazo a algunos amigos y colegas, con dos condiciones: dejar al Departamento de Impuestos al margen de la operación, lo cual significaba un aliciente enorme—el no tener que pagar impuestos, puesto que la inversión sería fuera del territorio de los Estados Unidos—y la segunda condición, la inversión tenía que ser pagada en cash. Su amigo no aceptaría otra forma de pago. Brandon sería el intermediario.

Brandon estaba nervioso y abochornado, y respiró hondamente antes de continuar, pues el Señor Obispo le había prevenido y aconsejado antes, claramente, acerca de no envolverse en este tipo de aventuras, que habían sido un desastre en el pasado.

Brandon confesó, como si estuviese en el arcaico, medieval e inútil confesionario de antaño, que él había puesto el resto de lo aportado por los nuevos asociados, en una fabulosa compañía, sin decírselo, a nadie. Creyó, firmemente, que no había riesgo en esa inversión de la que todos ganarían una cantidad exorbitante. Su intención era pagarles sus ganancias.

El Señor Obispo continuó disfrutando de su desayuno, pero su rostro mostraba un color peligroso. Brandon le rogó a Dios que no se muriera allí mismo en su presencia, de apoplejía y trató de apaciguarlo dándole excusas. Según él, un huracán había arrasado la islita, habían muerto muchos de los trabajadores...

Milagrosamente, Su Eminencia, combativo y fiel a sus principios hasta el final, tronó...

—*Es suficiente, me hago cargo ... ¡no digas nada más!*

Inútilmente, en un último intento, como una rata, si las ratas pudieran hablar, Brandon musitó a media voz, en una dramática, calibrada voz, *a sotto voce* lo que tenía planeado decirle esperando que el otro lo creyera.

El indestructible Brandon continuó diciendo que la compañía, desafortunadamente, se había declarado en bancarrota por los estragos causados por el huracán en la isla cede del fabuloso proyecto. Uno de sus colegas había tratado de hacer contacto o algo por el estilo, inútilmente. Se lo había dicho al Decano, y ahora Brandon se sentía en una situación muy difícil y desagradable ante sus colegas, que no tenían experiencia en el posible riesgo de toda inversión de ese tipo.

El Señor Obispo se sirvió unos crepés rellenos con fresas y crema y lo miró por encima de los espejuelos de aro de oro mientras se llevaba a la boca el primer bocado de su manjar favorito del desayuno.

—*Ya una vez te dije que no especularas, Brandon. Eso de que fue un amigo tuyo quien estaba envuelto en una empresa, y que tú les aconsejaste a unos amigos incautos envolverse, en lo que según tú era una buena inversión*—*no te lo creo yo ni te lo va a creer nadie con mediocre inteligencia. Nos pones en una situación escandalosamente comprometedora. Esto es intolerable. No quiero saber siquiera cuánto dinero ha perdido esa pobre gente. ¡Esta vez no te vamos a sacar las castañas del fuego!*

—*Su Excelencia... todo lo que le ruego es que por favor, llame al Decano, y le diga que estoy enfermo y no voy a poder terminar el semestre.*

—*¡Me estás pidiendo que mienta!*

—*No, Su Excelencia, créame. Me siento enfermo.*

El Señor Obispo se sirvió té, sin ofrecerle o preguntarle a Brandon, que estaba muy pálido y apenas había comido, si deseaba tomar algo. Aunque al Señor Obispo no se le quitaba el apetito, estaba lívido. Brandon, por su parte, estaba aterrado y se sentía el terror en el lugar donde lo sentía siempre, en las raras ocasiones en que experimentaba miedo ante alguien: en los intestinos, que se le retorcían, como cuando era niño y su padre, el Magistrado temido, lo reprimía y lo trataba cruel y despectivamente. Brandon, tan calculador y cínico, tan intelectual y mundano, por alguna razón que él no podía controlar, tenía reacciones intestinales de la peor clase cuando se ponía nervioso. Le pidió al Señor Obispo que lo excusara y se fue, casi corriendo, al baño, a donde llegó a tiempo justo y por puro milagro.

Cuando volvió al comedor, humillado y pálido, ya el Señor Obispo había terminado de desayunar. Brandon, sin saber qué hacer se quedó de pie junto a su silla sin atreverse a sentarse de nuevo.

—*Necesitas tratamiento. Vete a tu apartamento y no salgas a la calle.*

—*Su Excelencia...*

—*Vas a entrar en un sanatorio.*

—*Pero...*

—*No hay peros que valgan. A todos nos gusta vivir bien. Pero lo tuyo va más allá de lo tolerable. ¡Es una neurosis, una maldita obsesión.*

—*Le doy mi palabra de que...*

—*Ahórratela.*

El Señor Obispo se levantó de la mesa sin decir una palabra más y salió del comedor dejando a Brandon de pie junto a la silla que ocupara antes. Comprendiendo que allí no había más nada que hacer, éste salió finalmente del comedor y se fue a su apartamento como le había ordenado el Señor Obispo.

A las diez de la mañana, después de haber examinado la situación y sus consecuencias para la reputación de la Iglesia, el Señor Obispo, un hombre intachable que odiaba mentir, no encontrando otra salida decorosa por el momento a aquella terrible situación, llamó al Decano para decirle que Brandon había caído enfermo repentinamente y que según el médico, no podría terminar el semestre.

El Decano se puso lívido y después de una breve pausa, preguntó en qué hospital estaba Brandon. El Señor Obispo, le contestó que no era posible que recibiera visitas y que por la naturaleza de su estado preferían que simplemente se dijera que había tenido que ausentarse de la ciudad por motivos personales y que regresaría el próximo semestre. El Señor Obispo le rogó al Decano que no se comentara nada acerca de la enfermedad de Brandon, y en calidad de absoluta reserva le confió que se trataba de una aplastante crisis nerviosa que requeriría un largo tratamiento.

El médico opinaba que Brandon sufría de un desorden mental. El pobre Brandon era, para sorpresa suya, maníaco depresivo y estaba pasando por una de las fases agudas de su enfermedad.

El Señor Obispo tenía la esperanza de que el Decano lo creyera y se lo dijera a alguien, y de que esa versión fuera la que se aceptara por la mayoría, salvando así el honor de la Iglesia.

El Decano comprendió, finalmente, que no vería nunca más sus $15,000.00. Brandon, pensó el Decano, además de ser muy culto y muy refinado, era un timador y un asqueroso desmadrado; en otras palabras, un hijo de puta. Era además un cobarde y un cínico, que ahora se refugiaba bajo el sayal de la Iglesia para que lo protegieran y le sacaran del lío en que se había metido, se dijo el pobre diablo entre furioso, resignado y abochornado de su increíble estupidez.

Al día siguiente comenzaron los rumores a invadir las oficinas de cada colega preocupado por la salud de Brandon que había desaparecido tan repentinamente y sin un indicio de enfermedad. Se hablaba de cáncer terminal, de una crisis nerviosa, de un rompimiento de su estabilidad mental, de que si padecía de esa cosa socorrida que llamaban depresión, de que tal vez fuera algo aún peor... *¿Peor?* se preguntaban los menos maliciosos y veían entonces, petrificados por el terror, la respuesta presumida en los rostros de los cínicos maliciosos.

Con una cierta mórbida inclinación hacia lo trágico, uno de los profesores de drama que detestaba a Brandon porque éste no lo consideraba competente, comentó con alguien que a lo mejor el pobre Brandon estaba sufriendo de los efectos del SIDA. Aquello, una vez mencionado, se regó como en un susurro de aguas de cloaca, de edificio en edificio por toda la escuela y los dormitorios de los estudiantes.

Marvin fue a ver al Decano para pedirle consejo. Él no se tragaba aquello de que Brandon estaba ni enfermo ni fuera de la ciudad por motivos personales. *El muy Hijo de la Gran Puta...* , repetía casi a gritos al borde de la histeria, acentuando la palabra horrible e insultante, había estafado a más gente fuera y dentro del College, de la que él había pensado al principio. A él le había robado $7,000.00 dolorosamente ahorrados, confesó al Decano desmoronándose frente a éste como si estuviera hecho de arena y no de carne y huesos.

El Decano, que no estaba seguro pero no creía que nadie supiera que él, tan conservador, tan recto, tan intachable, fuera otra de las víctimas de aquella increíble y nebulosa estafa, le dijo a Marvin, que estaba al borde de una verdadera crisis nerviosa—y que ese día no se había siquiera recogido el pelo con la liguita, ni se había puesto el aretico aquel tan mono, con un brillantico en la oreja izquierda o derecha—que no sabía qué aconsejarle, que él no tenía ninguna experiencia en estas cosas porque nunca había invertido siquiera en la bolsa, ni mucho menos especulado. Como no quería escándalos que pudieran dañarle a él mismo, le aconsejó al otro infeliz timado, que no hiciera nada extremo, que esperara a que Brandon volviera y quizás podría recobrar algo de lo invertido.

Poco a poco se fueron sabiendo los nombres de las víctimas de Brandon. La lista contenía todo tipo de gente, con y sin cerebro, y alguien dijo, exagerando la estafa, que el idiota del Decano le había dado no $15,000.00 como se dijera al principio, sino $25,000.00. Los que detestaban al Decano, se alegraron. Los que lo apoyaban sintieron una mezcla de piedad y vergüenza, pues su vapuleado héroe no era tan puro como lo habían creído y además había demostrado ser un verdadero idiota. Todos los que no compraron acciones, comentaban satisfechos que había que ser tonto para darle a nadie tanto dinero para invertirlo por debajo de la mesa, en lo que fuera.

Entre tanto, Brandon, que en realidad tenía planeado de antemano lo que haría y esperaba que el Obispo a la hora de la hora lo sacaría del lío por aquello de salvar el prestigio de la Iglesia, salió discretamente de la ciudad en su *Mercedes,* de noche y con todos los gastos pagos por el Obispado y entró en un sanatorio carísimo a descansar y recuperarse de lo que los psiquiatras del mismo, dieron convenientemente como su diagnóstico. Según ellos, Brandon estaba sufriendo una crisis depresiva intensa, producto de su desorden mental. Era un típico caso de maníaco depresivo.

Ratificando lo que le dijera el Obispo al Decano, sufría de un desorden mental en que a una etapa de depresión intensa seguía otra etapa de extraordinaria energía y sueños de grandeza, lo cual explicaba su conducta inestable y el que durante esas etapas gastara dinero a manos llenas y sin control, y actuara con absoluta irresponsabilidad.

El pobre Brandon, decían algunos, era una víctima inocente de su desorden mental y no un estafador, como decían otros. Unos pocos, creyeron que en realidad Brandon, era inexperto en asuntos de inversiones y hasta había tratado de suicidarse.

Cuando Marvin, desgreñado y al borde de una verdadera crisis se enteró de que Brandon estaba en un sanatorio en un lugar lejano y desconocido, trató de que el Decano le revelase lo que sabía. Éste, a su vez intentó persuadirlo de que debido a las complicaciones que presentaba el hecho de que Marvin había cometido un acto ilegal, al hacer la "operación" por debajo de la mesa, y no había revelado la compra al Departamento encargado de Impuestos, era mejor no provocar un escándalo que perjudicaría a las víctimas tanto como a Brandon y sería algo terriblemente embarazoso para el College.

Marvin se sentía confuso y desesperado pues al no haber ganado nada, no había incurrido en ninguna ilegalidad, se decía al borde de un ataque agudo de histerismo. Pero la inseguridad le roía el vientre vacío, como una rata hambrienta.

Comprendiendo finalmente que aquel hombre—ya todo el mundo sabía que el Decano era una de las víctimas del timador—no tenía el coraje de defenderse ni de comprometerse en aquello, Marvin tomó en silencio una de esas resoluciones que de vez en cuando toman los seres más indefensos.

Se fue a su oficina y llamó por teléfono a un periodista que conocía en el periódico de más circulación en la ciudad. Al principio, el periodista, que pensaba que Marvin, tan excéntrico, estaba un poquito chiflado, no le puso mucha atención, pero cuando oyó lo del timo al Decano y otros profesores, decidió ir a ver a Marvin a Bluestone College.

El resto fue una de esas convulsiones que sólo se pueden comparar con un terremoto o un ras de mar. En la edición del domingo y a toda plana, apareció la noticia con el retrato de Brandon, que por sus conexiones con la Sinfónica y las artes, era una figura conocidísima en la ciudad. También aparecían las fotos de Marvin en su oficina del College con su rala colita de caballo y el aretico en la oreja grande y fea. Dos fotos del Decano, con la boina que le cubría su respetable calva cubriéndole también la frente hasta las cejas, para tratar de ocultarse la cara, entrando apresurado en su coche y evadiendo al fotógrafo del periódico y al periodista que trataba en vano de que le respondiera sus preguntas. El Decano, decía y repetía, como una mantra, lo que le aconsejó su abogado:

—*No tengo ningún comentario que hacer. Nada en absoluto. No sé a qué se refiere.*

Cuando en la mañana del domingo el Señor Obispo llegó al comedor antes de irse a Misa, se encontró allí con su Secretario, un sacerdote bondadoso, culto, discreto y muy dedicado tanto al Señor Obispo como a la Iglesia. El Secretario tenía en las manos el periódico y le puso en guardia antes de dárselo, de que había en éste algo muy serio relacionado con Brandon. Le pidió al Señor Obispo que por favor, lo tomara con calma y que se tomara las pastillas que éste tomaba por orden del médico para controlar su presión arterial, antes de leerlo, pues iba a subirle peligrosamente.

De una ojeada el Señor Obispo abarcó la magnitud del desastre. La presión, o no le subió o él no se enteró. Sabía que vendrían a entrevistarle, que tendría que hacerle frente a las acusaciones contra Brandon. Mientras leía, la ira le iba poniendo la cara de un rojo amoratado. Aquello, se dijo, se le estaba escapando de las manos. Tal vez había llegado el momento de poner el caso de Brandon totalmente en manos del Arzobispo.

El Señor Obispo no desayunó. Se tomó la famosa pastillita verde con que trataban de controlarle la presión sin mucho éxito, y se fue a su despacho, después de pedirle al Secretario que él oficiara en la Misa del domingo en su lugar. Pensó largamente en las obscuras alternativas que se le iban presentando como fogonazos y que descartaba por absurdas después de unos minutos.

Sabía que Brandon era un ser egoísta y sin conciencia. Un hombre que era la antítesis de lo que un buen sacerdote debía de ser. Pero nunca creyó que llegaría a cometer un acto así. Era sin duda un criminal, un estafador, un granuja, aunque cubriera sus actos y sus huellas, como un verdadero zorro, con su innegable inteligencia y astucia.

La Iglesia sufriría en aquella comunidad pequeña en que vivían un golpe terrible. El escándalo podía llegar a trascender el ambiente local y convertirse en uno de proporciones enormes, si la prensa nacional olía sangre y decidía investigar las múltiples liviandades de Brandon.

El Señor Obispo, que aunque no era un santo en el sentido más estricto de la palabra ni hacía vida monacal, no era un mal hombre, se dijo que tenía que tratar de detener el escándalo, de encontrar una solución, de contener aquello que todavía era un escandalillo, y evitar que se convirtiera en uno de enormes proporciones y funestas consecuencias. Además, en realidad le daba pena pensar en lo que el canalla de Brandon le había hecho a aquella gente que había confiado en él. Se dijo sabiamente, que todo lo que quería aquel Marvin del periódico, era recobrar su dinero. ¡Era lo justo!

¿Y si...? De pronto aquel hombre que no había llegado a Obispo por tonto, encontró la solución. Se fue al teléfono y llamó por larga distancia el sanatorio donde estaba Brandon. La voz afectada de barítono del *Metropolitan* contestó. El Señor Obispo fue al grano, y le preguntó *cuál* era la extensión de la estafa. Un silencio incómodo del otro lado de la línea, fue la respuesta. Brandon, rodeado de las comodidades de un sanatorio para gente rica, se dijo que aquel imbécil del Obispo se estaba propasando en los insultos. Aquello de llamarle estafador ofendía su sensibilidad de hombre refinado. Pero sabiendo que estaba totalmente en sus manos no lo mandó al diablo, se controló y contestó la insultante pregunta con un melodioso y asombrado... *¿Cómo...?* en sordina, graduando la intensidad de la voz y pretendiendo sorpresa y un lastimoso embarazo, aunque lo que realmente sentía era una ira sorda ante el insulto y la arrogancia con que el otro le hablaba.

—*¿Cuánto dinero le estafaste a esa pobre gente que ha confiado en ti?* rugió el Señor Obispo perdiendo la paciencia.

Sabiendo que no podía mentirle porque aquel hombre no se las andaba con paños calientes y de todos modos lo averiguaría, Brandon dijo la verdad disfrazada por un eufemismo.

—*Invirtieron $180,000.00.*

El Señor Obispo, furioso, le soltó a voz en cuello una palabrota insultante que Brandon recibió en plena oreja como una bofetada salvaje. Y después, la voz congestionada de ira del Obispo fue llenándole de alfilerazos los intestinos sensibles y trémulos.

—*Ya lo de la estafa está en el periódico. La ciudad entera lo tiene en su mesa como manjar para el desayuno.*

Brandon, aterrado y sorprendido, imaginaba la forma vergonzosa en que su nombre había aparecido en la primera página acusado de estafador, y se lo imaginaba expuesto con letras de luz neón, en la marquesina del teatro de la sala de conciertos de la Sinfónica.

Le oyó decir entonces al Obispo que esta vez iba a tener que hacerle frente a lo que había hecho. Otra pausa llenó de silencio los hilos telefónicos que les separaban y acercaban a la vez. La pregunta siguiente le cayó entonces inesperadamente como una centella en pleno cráneo.

—*¿Cuánto dinero tienes del préstamo del banco?*

Un silencio espeso, como de asfalto solidificado, que a Brandon le pareció que duraba años en inundar la línea telefónica, se interpuso entre él y ese hombre gordo y repugnante que comía como un puerco y que de repente se sentía con derecho a insultarlo, a tratarlo como aquel otro hombre odiado y temido que de niño le miraba con desprecio y nunca le hablaba si no tenía algo hiriente y desagradable que decirle. ¿Cómo demonios sabía el Obispo que él había pedido un préstamo al banco?

—*$200,000.00.*

Brandon ahora vacilante y carente de timbre hondo, por el miedo que le afinaba la voz y que simultáneamente le iba inundando de agujas hirientes sus adoloridos intestinos, que sentía como si se le estuvieran desmoronando en el vientre.

—*Tienes que reembolsarle el dinero a cada una de tus víctimas y pagarles un 25% de interés.*

La sentencia, como en tiempos de la Inquisición—pensó Brandon angustiadísimo—le restalló atormentadora a través del teléfono, como un latigazo inmisericorde.

El Señor Obispo le recordó que les había prometido un 20% de ganancia. Podía considerarse afortunado. Añadió que él les ofrecería restituirles el dinero invertido, más el 25% de interés en nombre de Brandon, para que no llevaran el asunto a las cortes. Además les explicaría que él estaba sufriendo de una terrible depresión nerviosa, producto del choque emocional de este desafortunado asunto.

—*Óyeme bien y no trates de evadir tu responsabilidad. Sé de buena fuente que tienes dos propiedades muy valiosas en Aspen, Colorado. Sólo sabe Dios de qué chanchullo te valiste para comprarlas. Véndelas y paga a tus víctimas y el préstamo del banco sin excusas. Si no lo haces, yo entregaré el caso a las autoridades competentes y cooperaré con éstas, apoyando las acusaciones de tus víctimas.*

Brandon, aterrado y contrito, comprendió que no tenía otra alternativa que obedecer. O pagaba a sus acreedores o iría a la cárcel. El Señor Obispo añadió que él iría inmediatamente a ver a la señora madre de Brandon, por quien sentía verdadera pena, para aliviarla con su compañía en tan doloroso y vergonzoso momento. Además, le aclararía que todo se arreglaría satisfactoriamente, de acuerdo con lo expresado por su hijo. Ella no se merecía esta humillación.

Brandon no se atrevió a decir nada. La voz del Señor Obispo, llena de ira y desprecio, atravesó la distancia llegándole clara y cortante. Le dijo que comenzara a enviar lo antes posible su *curriculum vitae* solicitando trabajo a universidades y escuelas distantes. No podía volver a Bluestone después del escándalo en que estaba envuelto. Su conducta había perjudicado no sólo a sus víctimas sino a la Iglesia. Podía permanecer en el sanatorio por un mes más.

Brandon no pudo responder. Realmente no tenía nada que decir. El Señor Obispo había colgado.

El lunes, a las 9 de la mañana, el Señor Obispo le pidió a su Secretario que pusiera una llamada al Decano. La Secretaria inmediatamente le avisó al Decano de que había una llamada del Obispado. El Decano hizo un esfuerzo, contó hasta seis y contestó la llamada. El Señor Obispo, correcto y cordial como siempre, le preguntó si le sería posible venir al Obispado, que tenía asuntos importantes que discutir con él.

Pretendiendo que tenía que consultar su horario del día—no quería demostrar que estaba ansioso y en realidad, desesperado—el Decano le preguntó después de unos breves instantes si las 11:00 de la mañana era una hora oportuna para acudir al llamado del Señor Obispo y éste le contestó que sí.

A las 11:00 en punto se encontraron los dos hombres en el salón de recibo de la residencia del Señor Obispo. Este, después de ofrecerle al Decano una copa de un vinillo exquisito que según él era un aperitivo formidable, como si ninguno de los dos necesitara de aperitivos, le dijo al Decano que había hablado con Brandon en el sanatorio, que éste estaba profundamente afectado por los últimos sucesos, y se sentía responsable. Brandon había ofrecido resarcir a los inversionistas, y pagarles de su bolsillo lo invertido, más un 25% de intereses porque llegó a la conclusión de que además del huracán, el dinero remanente había sido despilfarrado por la falta de experiencia de unos y la falta de honestidad de otros de los miembros de la Directiva.

—*¿Estaba el Señor Decano de acuerdo con este arreglo entre caballeros?*

El Decano, abrió la boca sin saber qué decir, asombrado y eufórico ante la perspectiva de recobrar el dinero invertido y ganarle un 25%. Lo de quedarse mudo le ocurría con bastante frecuencia porque realmente *el pobre diablo*, como le llamaba Brandon, no era muy astuto y en ciertas ocasiones, bastante lento en reaccionar. Finalmente contestó que desde luego, que él estaba al servicio del Señor Obispo y que podía contar con él.

El Señor Obispo le preguntó entonces si él, en su calidad de Decano y amigo personal de Brandon estaba dispuesto a servir de intermediario con esos miembros de la Facultad que habían invertido en la operación. El Decano dijo que sí, y el Señor Obispo le aclaró entonces, que lógicamente, toda persona que reclamara haberlo hecho, debía presentar los certificados de posesión del dinero invertido y entregarlos a cambio del dinero que recibirían, y firmarían un documento en que aceptaban este pago sin hacer en el futuro ninguna otra reclamación monetaria.

El Señor Decano quedaría encargado de distribuir, de acuerdo con esos documentos, el importe que cada inversionista debía recibir. El Señor Obispo se encargaría de resolver igualmente el caso de las otras personas ajenas al *College* que hubieran resultado perjudicadas por este suceso tan desafortunado. Brandon facilitaría esta labor nombrando a esos señores o señoras para que el Señor Obispo se pusiera en contacto con ellos inmediatamente.

El Decano, encantado, le dijo al Señor Obispo que él nunca había dudado del hecho de que Brandon era incapaz de no comportarse a la altura de las circunstancias. Se despidió del Señor Obispo. Le agradeció profusamente su intervención en tan delicado asunto, y se marchó orondo como un pavo, a cumplir su misión y a llevarle a Marvin y el resto de los damnificados las gratas nuevas.

El Señor Obispo, aliviado, antes de que se marchara, le rogó que persuadiera a Marvin de hacer alguna declaración al periodista que reportó el artículo mortal, diciendo que el dinero invertido había sido recuperado y una cantidad cuantiosa de intereses distribuida entre los inversionistas gracias a la intervención de Brandon que había ofrecido asumir la pérdida de éstos.

Si el periodista se resistía a publicar la nota rectificadora, el Señor Obispo estaba seguro de que el periódico rival lo haría encantado de dar la última noticia al respecto. El Decano estuvo de acuerdo.

$\mathcal{M}$ientras todo esto estaba ocurriendo, en el mundo turbio de las finanzas "brandonianas," al mes siguiente de su encuentro con Anna Cristina, Andrés, totalmente ajeno a aquellas maquinaciones y sus consecuencias, volvió a su oficina con la esperanza de volver a encontrar a Anna Cristina.

Supersticiosamente, decidió ir a la misma hora que había ido la noche del primer encuentro. Una luna hermosa y enorme iluminaba la calle desierta, como en aquella noche inolvidable. Cuando llegó frente a la casona de piedra, donde la hiedra crecía en el verano, oyó el reloj de la Iglesia cercana dando las dos. Miró hacia la ventana y el corazón le dio un vuelco en el pecho. Allí estaba Anna Cristina asomada a la ventana y al verlo le saludó con la mano.

Andrés abrió la puerta del frente y subió sin encender la luz del pasillo ni la escalera. Al llegar a su oficina la puerta estaba abierta y ella estaba de espaldas a la luna, su silueta recortándose contra la noche. En la estufa, crepitaban los leños encendidos.

Suavemente él fue hacia ella y la besó en la mejilla. En un soplo de voz, Andrés, humilde y tierno, le dijo en una voz que casi no reconocía como la suya...

—*Te he extrañado tanto, te he buscado aquí, por las calles y el parque...*

Ella le sonrió con su dulzura única. *Ya lo sé. Tenemos que hablar*, le dijo Anna Cristina en voz queda. *Tienes que olvidarme. Esto no es posible...*

Entonces Andrés, lleno de una intensidad que era como la del viento entre las ramas de los árboles, ateridos de frío, pero fieles a sus raíces, soportaban las nevadas y tormentas, le dijo que él no podía vivir sin ella. Le dijo que la amaba como no creyó que podría amar nunca a mujer alguna. Que haría lo que tuviera que hacer, pero que no podía perderla. Y se oyó decir, asombrado de su propia voz, pero convencido de lo que estaba diciendo, que estaba dispuesto a morir para acompañarla si ese era el precio de no perderla.

Las llamas de la chimenea quedaron presas en la lágrima que rodó por las mejillas de Anna Cristina. Ninguno de los dos se atrevía a moverse, temerosos de perderse irremisiblemente si rompían algún designio secreto que les permitía este anhelado reencuentro.

Anna Cristina, le preguntó si él comprendía quién era ella!

—*Un alma errante, que se fue antes de tiempo, buscándome en noches de luna llena... No sé por qué...*

Le dijo él como si eso ocurriera en su propio mundo todos los días. Anna Cristina le contó su historia. Había muerto hacía muchos, muchos años. Aquella casa había sido suya. Había salido con el hombre amado y unos amigos en trineo una noche de luna y habían tenido un accidente. El caballo, un potro joven, se asustó de su propia sombra, agigantada por la luna, y el trineo se despeñó por la quebrada, cayendo al vacío. Ella murió.

Venía a veces a aquella casa donde fuera tan feliz. A veces, raramente, venía durante el día y se entretenía viendo el entrar y salir de los estudiantes. Contemplaba sin envidia pero con cierta nostalgia a los enamorados. Prefería venir en noches de luna llena cuando la casa estaba vacía y tocaba el piano... o simplemente iba a su alcoba o a la biblioteca a leer ... y pasaba unas horas en lo que fue su hogar. ¡Él debía, es más, *tenía,* que olvidarla!

Tímidamente le confesó que lo amaba desde siempre, que se enamoró de él en cuanto le vio por primera vez, una tarde, en que él estaba escribiendo sin verla, hacía años, poemas de amores imposibles, en la vecina casa. Y ahora en su oficina. Ella pasó por allí como otras veces

había hecho sin reconocerle . ¿Era su nombre Andrade o Rioseco? ...
Siguió hablándole sin esperar su respuesta. Ella le regaba la planta que
Isabella le trajo una tarde. A veces le ponía flores frescas en su escritorio.
¡Pero *aquello* tenía que concluir!

Andrés le dijo que no podía irse sin oírlo. Aceptaría las reglas o condiciones, fueran las que fueran, bajo las cuales podrían seguirse viendo.
No trataría de encontrar trabajo en otro lugar. No quería, le dijo con
cierto embarazo, que creyera que era simple pasión carnal lo que lo ata-
ba a ella. La amaba como nunca había amado a mujer alguna, le repitió
no pudiendo inventar una forma nueva de decir lo que sentía. Aceptaba
el verla sólo en noches de luna llena, si ese era el momento en que le era
posible encontrarse con él. Aunque fuera una noche al mes si estaba
limitada, por lo que fuera. Él estaba dispuesto a no ver a ninguna otra
mujer. Le sería fiel por el resto de su vida.

Anna Cristina, exquisita, se le acercó. Le acarició la frente atormentada con su mano leve y tibia. Le dijo que no podía prometerle nada,
que esa noche estaba allí, con él. Que ella también lo amaba. Él podía
estar seguro de que era el único hombre al que había amado, el único a
quien se había entregado.

Suavemente, se fueron alejando hacia su alcoba, aquella alcoba que
fuera de Anna Cristina hacía tantos años. Andrés no se preguntó por
qué él se sentía tan a gusto en aquella casa, por qué reconocía objetos
que nunca antes había visto.

Entraron en la alcoba. Los esperaba el lecho tibio. La luna llena iluminaba los cortinajes del canapé. Una vez más se amaron; se entregaron
a su amor, apasionadamente, no sabiendo si se volverían a encontrar
otra vez.

Cuando al amanecer Andrés se despertó, ya Anna Cristina se había
marchado. Junto a la almohada donde su cabeza había descansado, una
rosa crema, exquisitamente entreabierta como un beso, aromaba la habitación. Andrés corrió a la ventana y la vio doblar la esquina y perderse
en la niebla mientras, se apagaba el último farol de gas en la avenida.

Lentamente se vistió y salió de la alcoba, bajó las escaleras, y se perdió en la noche.

Andrés llegó a su apartamento. Traía en los labios el sabor de los labios de Anna Cristina y sentía en sus manos su perfume. Fue hacia el ventanal de su alcoba. Miró aquella luna enorme, cómplice, sensual y hermosa, con un color difusamente azuloso, y los bordes plateados, que les había alumbrado mientras se amaban. No corrió la cortina como de costumbre, se desvistió y se acostó dejando que la luna se posesionara de su propia alcoba.

Soñó con ella. El sueño era tan real que al despertarse palpó las sabanas creyendo posible el encontrarla arrebujada junto a él, tierna y tibia. Pero no estaba allí... ¿Habría estado, o era un sueño... un espectro de su propia angustia?

$\mathcal{V}$eronique lo estaba esperando dos semanas después, al llegar a su oficina. Se la encontró allí, sentada en uno de los butacones de tapiz gastado. La muchacha de la limpieza, a insistencia suya, le había abierto la puerta. Andrés sintió que aquella intrusión de Veronique era ofensiva a la memoria de Anna Cristina, pero se contuvo y le preguntó si deseaba ir a la cafetería a tomar una taza de café. Veronique le miró a los ojos. En los de ella había una invitación provocativa y prometedora.

—*No, querido, gracias. Prefiero estar a solas contigo.*

Él se dijo que aquella mujer era increíblemente hermosa, pero que después de conocerla bien y de haber conocido a Anna Cristina, lo dejaba frío como un témpano de hielo.

Cuando Andrés le preguntó por su marido, Veronique, con un fingido mohín infantil, pretendiendo una inocencia que nunca había tenido, le contestó con voz ingenua, que *estaba bien, gracias,* y cruzó las piernas como una verdadera vampiresa.

Tratando de salir de ella, Andrés le dijo que si había venido a darle alguna explicación de lo ocurrido, no tenía que hacerlo. Que él lo comprendía perfectamente y que no le debía ninguna explicación.

Veronique le preguntó si estaba herido por lo sucedido y él le dijo que no, pero ella no lo creyó y fue al ataque como una verdadera pantera liberada y en celo. Le dijo que como adultos sofisticados que eran, no había ninguna razón para que porque ella se hubiese casado de nuevo con Charles no pudieran continuar siendo buenísimos amigos, que en qué siglo vivía, y añadió,

—*y... ¿por qué no amantes?... Eso, después de todo era muy francés y tú has vivido en Francia. Además, tu sangre latina es testimonio innegable de tu naturaleza apasionada.*

Veronique rió encantadoramente echando la cabeza hacia atrás, mostrándole aquel cuello perfecto que él tanto había besado.

Andrés se sentía profundamente incómodo. Presentía la presencia de Anna Cristina en la habitación, en el temblor mínimo que había creído percibir en la rosa crema, entreabierta en el vaso de cristal sobre su escritorio; en el leve movimiento que hacía sólo un minuto había estremecido la cortina de la ventana...

Entonces le dijo que él no podía tener ningún tipo de relación con ella porque estaba realmente enamorado de otra mujer.

Veronique lo oyó y desde luego no lo creyó. Trató de seducirlo de nuevo diciéndole que era absolutamente anormal darse nada más que a un amante, que estaba hasta dispuesta a "compartirlo" con la otra, porque los celos eran una forma de inseguridad de la que ella no sufría.

Él, que realmente quería darle un puntapié en su bien formado *derriére*, la miró a los ojos y le dijo entonces que iba a pedirle que le hiciera un favor, a lo cual ella le respondió con su voz de los momentos más tórridos.

—*Lo que quieras querido. Cuando lo desees. Charles y yo tenemos un matrimonio "abierto." Es la forma civilizada de estar casados.*

Entonces él le dijo que quería pedirle que lo dejara tranquilo. Que se buscara otro amante si lo necesitaba y lo dejara en paz.

Veronique le contestó que se estaba portando como un niño en pañales. Que se dejara de tonterías. Que estaba loco por ella hacía sólo tres meses y que simplemente estaba resentido porque le había herido en su vanidad masculina; que su orgullo magullado y su estúpido machismo latinos, le hacían comportarse en esta forma tan absurda, ilógica y cavernícola, y sin más transición le dijo que Charles estaba fuera de la ciudad y que si no tenía compromisos que no pudiera romper, podían verse en su apartamento o en el de ella, esa noche.

Inesperadamente y sin que un sólo soplo de aire hubiese penetrado en la oficina, un antiguo cuadro, un óleo magnífico que el College, en su celo de preservar el ambiente de la residencia había adquirido con ésta, se deslizó de la pared, golpeando la hermosa cabeza de Veronique y dejándole una fina e inconsecuente herida al borde de la línea del pelo. Veronique al ver las gotitas de sangre en su vestido de lana blanca, aterrorizada, se desmayó, mientras que Andrés, guasón, se dijo que Anna Cristina era una mujer en toda la extensión de la palabra, y llamó por teléfono a la enfermera del plantel para que viniera y se encargara de Veronique.

La primavera se sentía en el aire y en aquella noche, los árboles del campus de Bluestone, estaban cuajados de cerezos relumbrantes y magnolias blancas, de centros teñidos de un rosa delicado, bajo la luz intensa de la luna llena.

Andrés llegó frente a la mansión en que estaba su oficina exactamente a las dos de la madrugada. Miró hacia su ventana y no vio a nadie. De pronto la figura de Anna Cristina surgió en la penumbra del hueco de la ventana y él adivinó enternecido y anhelante, la sonrisa de sus labios.

Cuando llegó al antiguo despacho de la mansión que era ahora su oficina de trabajo, ella, sin la hermosa pamela, estaba esperándole, de pie junto a la ventana; los leños crepitaban en la chimenea alegremente y las losas del piso relumbraban. Sobre la mesita de té, una verdadera reliquia del pasado, las tazas y la tetera brillaban y reflejaban las llamas y la hermosa rosa crema, prometedoramente se abría, en su estilizado búcaro de cristal.

Andrés fue hacia ella y se besaron apasionadamente. Suavemente ella le tomó de la mano y lo llevó hasta su butaca. Se sentaron y ella sirvió un delicioso té aromático en las tazas de porcelana. Embelesado, él la contemplaba, mientras sorbían el delicioso té y así permanecieron, disfrutando de aquel momento tan deseado. Después, él le dijo que quería oírla tocar el piano. Ella se puso de pie y de la mano salieron del despacho, bajaron la hermosa escalera de mármol y penetraron en el salón de música. La inmensa chimenea de un leve rosa pálido estaba encendida.

Anna Cristina fue hacia el enorme piano de cola y comenzó a tocar. Sus dedos ágiles recorrían el teclado con magistral destreza. Pasó de un *Nocturno* de Chopin a una *Rapsodia Húngara* de Liszt y terminó con su sonata favorita, *Claro de Luna* de Beethoven, invadiendo la estancia con la intensa pasión de cada nota desgranada con absoluta precisión y con la profunda y conmovedora intensidad, que se encerraba en su alma exquisita. Anna Cristina, transformada, se salía de los límites del ayer, del hoy y del mañana, y trascendía tiempo y espacio. En las paredes, las lámparas de gas se estremecían como movidas por la exquisita música que llenaba cada rincón de la hermosa residencia que un día fue.

Cuando ella terminó de tocar, Andrés le besó las manos, conmovido. Subieron la hermosa escalera y penetraron en la alcoba. Se amaron aquella noche con la inmensa pasión de los que nunca saben si se volverán a ver una vez más. Ya de madrugada él se despertó y buscó con la mano el tibio cuerpo de Anna Cristina, pero ya ella se había ido.

Al otro día, cuando Alejandro llegó a su clase de literatura comparada, notó que las alumnas estaban profundamente excitadas y cuchicheaban entre sí, mientras él se ocupaba de sacar el texto que estudiarían en clase.

Una de las estudiantes, una muchacha de enormes ojos negros y manos sensitivas y blancas como palomas inquietas, le preguntó si sabía lo que había pasado la noche anterior. Él a su vez le preguntó qué había pasado. La muchacha le contó que Anna Cristina, un fantasma que habitaba uno de los edificios de Bluestone, había visitado su antigua residencia, la misma en la cual él tenía su oficina y que había tocado el piano. Entonces le contaron su historia.

Le dijeron que en diferentes ocasiones y a través de los años, venía en noches de luna llena y que a veces tocaba el piano. Le preguntaron si él creía en fantasmas. Él, muy serio, les dijo que la vida tenía inexplicables

153

misterios. Que sólo los tontos creían tener respuestas absolutas, y que él creía que todo era posible. Las muchachas estuvieron en su mayoría de acuerdo con él. Una de las estudiantes dijo que no creía en fantasmas. Que seguramente alguien con un sentido del humor un poco excesivo, y una buena dosis de cinismo, estaba poniendo en algún lugar escondido en el ático de la residencia, discos de Chopin, Liszt, o Beethoven, que eran, según decían, los favoritos de Anna Cristina. Andrés se limitó a pedirles que abrieran su libro en el pasaje de *Madame Bovary,* la famosa novela de Flaubert, que estaban estudiando.

La luna llena, hermosísima, iluminaba el paisaje invernal. Un hombre de unos treinta años, alto y flexible, acompañaba a Anna Cristina en el trineo llevando las riendas del caballo, un hermoso potro negro, que el padre de Anna Cristina había acabado de comprar.

Otros dos trineos les seguían a una distancia prudencial. Se deslizaban a un trote largo, por un camino bordeado de inmensos pinos de ramas macizas que aromaban el aire transparente de la noche. Era el mes de diciembre y aquella había sido la primera nevada de la estación.

A sugerencias de Anna Cristina tomaron el camino que bordeaba un pequeño cañón porque desde allí se veía, bajo la luz de la luna, un valle desierto y majestuoso. Al doblar un recodo y seguir el zigzagueante camino, el potro, aterrado de su propia sombra proyectada y alargada por la luna, comenzó a correr al borde del precipicio desenfrenadamente, acercándose peligrosamente al borde del mismo.

El acompañante de Anna Cristina trataba inútilmente de refrenar el potro que seguía corriendo despavorido y desbocado, como una exhalación.

El grito del hombre ...

—¡*Detente Azabache, Azabache, Azaba* ...

... se perdió en la noche prolongándose y rebotando contra las laderas de las montañas que les rodeaban.

Andrés, sudoroso y agitado se despertó. El nombre del potro, *Aza-bache*, aún le retumbaba en los oídos como un eco lejano. Angustiado, se dio cuenta de que Anna Cristina nunca le había dicho el nombre del potro y repentinamente creyó reconocerse en el hombre alto que la acompañara en la noche fatal.

Una angustia infinita, una añoranza por su presencia, por la paz que sentía sólo junto a ella, le invadió, en los días que siguieron. Se sentía estremecido de amor y de la certeza de que sin ella nunca podría ser sí mismo, el verdadero, el hombre que llevara dentro por tantos años sin saberlo. El otro, jugaba un juego inútil que le dejaba vacío después de cada encuentro casual, con mujeres que nada significaban en su vida y a las que nunca había logrado amar y entregárseles totalmente. Los rincones recónditos de su alma, ahora sabía, que eran y habían sido siempre, de Anna Cristina.

A través del amor de Anna Cristina, Andrés se había encontrado, perfilándose y definiéndose como un ser humano totalmente distinto al que otros conocían. Era un hombre lleno de amor y ternura, capaz de darse sin esperar nada y de valorar el amor que ella le entregaba.

Comprendía que la barrera que se interponía entre ellos era inconmensurable y que sólo se rompía momentáneamente cuando Anna Cristina lograba cruzar la etérea frontera que les separaba. Pero sentía la presencia de ella junto a él a todas horas, al cruzar senderos desiertos o traspasar puertas que no le llevaban a ninguna parte buscándola inútilmente, como a una melodía embrujadora, en la enorme casona de los vitrales hermosos y las chimeneas de mármol.

Se había ido convirtiendo poco a poco en un hombre solitario, que huía de las frivolidades y liviandades del mundo común en que los otros giraban como estrellas perdidas y sin rumbo. Vivía fuera de su tiempo y lo sabía pero no echaba de menos el pasado inmediato.

Sabía que ella nunca aceptaría como solución que él traspasara la barrera de espacios diferentes en que se desenvolvían sus existencias.

Sabía que nada dependía de sus deseos ni de sus convicciones, pero decidió tratar de pactar, de comprometer lo que fuera necesario para retener, por leve que fuera, la posibilidad de seguir encontrándose con ella.

Esa noche, Andrés volvió a la antigua residencia. Hacía dos días que no cesaba de nevar al extremo de que habían suspendido las clases porque las calles estaban intransitables. La hermosa e inmensa residencia se perdía entre los pinos, ateridos de nieve, que la rodeaban.

Cuando llegó frente a la casa, en medio del profundo silencio de la noche, creyó escuchar las notas atormentadas de una música intensa, increíblemente triste y llena de melancolía. No había dudas. Anna Cristina estaba allí, tocando el piano.

Entró y lo inundó, como en un torrente de cristales tenues, desgranados en la noche, su *Nocturno* favorito. Cada nota atormentada y trémula le bañaba el alma. Andrés se quedó a la entrada del salón para no interrumpirla. La música cesó y Anna Cristina se volvió sabiendo que él había llegado. Fueron uno hacia el otro, llenos de amor y de la felicidad de encontrarse en medio de la noche, traspasando la barrera que los separara tal vez por años, meses y días de búsqueda constante. Cada encuentro era un milagro y lo sabían así.

Se sentaron en el pequeño sofá de raso verde jade frente a la chimenea encendida y por unos instantes no dijeron nada.

—*Estás sufriendo tanto! Es hora de que comprendamos lo imposible de este amor. Tienes que olvidarme.*

—*Nunca.*

—*Por el momento al menos...*

—*No puedo vivir sin ti. No puedo perderte otra vez.*

—*¿Otra vez?*

—*El potro... ¿se llamaba Azabache?*

—*Sí.*

Andrés no preguntó nada más. Se quedó junto a ella pesando la importancia de aquella respuesta que establecía un hilo de seda entre los dos a través del tiempo y la distancia; a través, también, de otras dimensiones y de zonas que se escapan a la comprensión limitadísima del ser humano, sobre el misterio de la vida y de la muerte.

Entonces, como en un viejo diálogo olvidado, guardado en los repliegues de la memoria, se oyó decir que la quería y la querría siempre. Que su amor era un amor único. Que nada, ni siquiera la muerte, podría separarlos. Y supo que había dicho aquellas mismas palabras antes, a aquella misma mujer.

Ella, conmovida, trató de detenerlo con un gesto de la mano. Él le dijo que sabía que ella no aceptaría la salida fácil de su suicidio—que él estaba dispuesto a tomar para alcanzarla en su mundo—porque intuía que ella, que era muy religiosa, pensaba que el suicidio de él los separaría aún más. Él no sabía si sería así, pero no quería arriesgarse a perderla definitivamente. Estaba dispuesto a aceptar el compartir con ella las horas que pudiera darle cada mes, en noches de luna. Añadió que no la buscaría fuera de los límites del tiempo que se les había concedido, tan milagrosamente.

Suavemente Andrés la atrajo hacia sí. Ella, vencida de amor y de ternura, recostó la cabeza en su hombro y permanecieron así por breves instantes contemplando las llamas en la chimenea. Como por un acuerdo tácito, dejaron de tratar de desentrañar el futuro de aquel amor sublime que les arrastraba irrefrenablemente, como un torrente.

Se pusieron de pie y comenzaron a subir la hermosa escalinata que conducía al segundo piso y las alcobas. Una profunda paz se había asentado en la casona. Había dejado de nevar y una luna enorme bañaba ahora el paisaje exterior y entraba por los vitrales y ventanales de la mansión.

Anna Cristina y Andrés entraron en la tibia alcoba. Él comenzó a besarla suavemente, como en un sueño. Lentamente la desnudó y una vez más se dieron el uno al otro con una mezcla de pasión, ternura y desesperación, que era producto de no saber hasta cuando podían continuar aquellos encuentros.

Apasionadamente, se entregaron uno al otro dejando que el caudal inmenso y avasallador de sus emociones se despeñara, corriente abajo, sintiendo una felicidad inmensa al mismo tiempo que una angustia palpable y dolorosa, al no saber si volverían a encontrarse y tenerse una vez más.

Ya amanecía cuando Andrés se despertó palpando el lecho vacío a su lado. La rosa crema, en el hueco de la almohada, tenía el perfume exquisito de Anna Cristina. Él permaneció allí, tendido por unos instantes. Lentamente se vistió y salió de la residencia preguntándose si volverían a encontrarse.

Al bajar la escalerilla del pórtico encontró en el último escalón un guante con el perfume de Anna Cristina—un eco del pañuelo que hallara allí la primera vez que se encontraron—como una respuesta a su pregunta.

Lo vio como un buen presagio. ¿Sería cierto? ¡Tenía que ser cierto! ¡Tenía que ser cierto! Y vio entonces las huellas de los botines de Anna Cristina en la nieve recientemente caída y comenzó a seguirlas, lleno de la ilusión de descubrirla en cada recodo, en cada vereda llena de promesas y de posibilidades infinitas, bajo la luz de la luna.

Con el sabor de sus labios y la sensación y la tibieza de su cuerpo aún en el suyo, y sintiendo a la vez la esencia de su exquisita alma, llenándole su propio ser, íntimo y apasionado, Andrés supo que nunca dejaría de amarla. Continuaría buscándola y amándola en sus horas de soledad, deseando que se realizara lo imposible: estar con ella para siempre, no importa dónde.

Nada era más importante que cada reencuentro con ella. Y en el tiempo que transcurría entre encuentros, sentía su presencia dondequiera que él estaba, en el sendero solitario de un parque, en una playa remota o en una melodía. Cada milagrosa noche de luna llena, cuando ella venía a él, y él podía sumergirse en el perfume de su alma, se renovaba y sabía que la esperaría mientras tuviera una gota de vida, un soplo de aliento, en su propio cuerpo.

Y así fue por años. Él la esperaba y ella venía, trémula de amor, en noches de luna llena... Él la esperaba y ella venía... Finalmente, suavemente, cuando le llegó su momento de partir, él cruzó la frontera que les había separado y fue lleno de amor hacia ella, que le estaba esperando... y se encontraron y siguieron amándose por una eternidad.

Otras publicaciones por Yolanda Ortal-Miranda

Balada sonámbula
Memorias de la Revolución
Cuba: 1952--1962

The Sleepwalkers' Ballad
Memories of the Revolution
Cuba: 1952-1962

Cuando lloran los delfines

When The Dolphins Cry

Pendientes de publicación:

Un punto que se pierde en la distancia

A Kiss, a Nest, a Grain of Sand

Asturias

Made in the USA
San Bernardino, CA
13 June 2014